U0908544

在他人的故事里，

印证自己的情爱欢喜。

将爱

大文豪的情与爱

张妙／著

译林出版社

目 录

你是我的药

颇有一些女孩子，在未嫁人之前总是病病歪歪的！说她有毛病吧，查不出来；说她没毛病吧，整天哼哼唧唧。这就是老话说的：“女大不中留，留着结冤仇。”赶紧把她嫁了，生儿育女，就一切都 ok 了。

问题是像伊丽莎白 · 巴莱特小姐这样在 15 岁时骑马跌损了脊椎，已经在床上瘫到 38 岁的女子，谁会要她呢？

虽然她是种植园主的女儿；虽然她 9 岁写出第一首叙事诗；10 岁创作了一部法国悲剧；13 岁发表了一部咏叹希腊马拉松战役的四卷史诗；25 岁翻译了《被缚的普罗米修斯》；26 岁推出个人诗集《天使们》……有什么用呢？对于一个瘫痪的人来说，坚持活下去，就已经是不容易，幸福、快乐之类的就不要去妄想了吧。

起初，她家里的光景是很不错的。她有 11 个弟妹，有极其宠爱她这个长女的父母，一大家子人住在英国西部风景如画的乡村里，美丽聪颖的她简直就是茜茜公主！可惜，命运只给了她短短一截阳光。15 岁摔残，23 岁母亲去世，接着最可爱的一个弟弟因为陪伴她去异地养病，却意外溺死了！魔咒之下，父亲的事业开始凋零，他变成了一个易怒暴躁，行为乖僻的老人……

谁能坦然接受这一连串的打击？她不是钢铁女战士，她其实是诗意盎然的林妹妹啊，为何要让她“一年三百六十日，风刀霜剑严相逼？”在绝望、羞愧、内疚、痛苦交织下，她委顿了，自闭了，连话都很少再有。整个夏天，强打精神让人抱下楼，晒一两次太阳；漫长的冬天，只能蛰居在床上。

她在这里看似活着，也在这里即将死去。

若不是有诗，这个女子，这辈子也就这么完了，可是看到她这样的诗：“我一环又一环计数着我周身沉沉的铁链”，让人怎能不为她心酸呢。

难道她真的就这么完了吗？诗神不答应了！她写的诗，可不是任何阿猫阿狗都能哼两句的打油诗，“这是自莎士比亚以来最出色的十四行诗！”

是谁给了她如此之高的好评？

是上帝派来拯救她的天使。化名罗伯特·白朗宁，时年 32 岁。

她比他大 6 岁。不久前，38 岁的“老女人”伊丽莎白，偶然看到这个年轻人的近作《石榴树》，感觉不错就给了个较高的评价。她是已经成名的诗坛“大姐大”，他则是个——白郎宁是一个诗人，也是一个戏剧家。他喜欢用心理分析手法来描述故事。但这种尝试却遭到了很多人的非议。有人说他有“精神病”，有人说他心理变态。更糟糕的是他的感情生活很不顺利，同居的女友不能理解他、不断地折磨他。这种状况让他孤单而又绝望。尽管他有着健全的躯体，他也常常让自己像伊丽莎白·巴莱特小姐一样，幽闭在无人之处，一任桃花影落，碧海潮生。就在这当，他看到了伊丽莎白对他的评论："举世难逢一知己，谁人解我曲中意？"——写作的人，得遇前辈的好评，哪个能不热血奔流呢？强烈的喜悦混合成澎湃的激情，他抓起笔来就给她写了这样一封信："亲爱的巴莱特小姐，你那些诗篇真叫我喜爱极了……我已经说过，我爱极了你的诗篇——而我也同时爱着你！……"

接到信，她笑了，心想，真是个爱激动的傻娃娃！爱我？爱我什么？我这个样子，还会有人爱？

向一个比自己大那么多的瘫痪的人示爱——他是她表兄的朋友，对她的情形，早已是一清二楚——他必定是一个任意妄为、无所顾忌之人，不然如何敢来撩拨这身有残疾、严谨孤寂的大小姐？

"轻浮少年！"哼，她只看得一眼，就把信撂开了。心里甚至有瞬间的反感：对残疾人都这么不庄重，可见这个人的轻薄！

是的，她把它撂开了，可是，过一会儿，还是从心里探出一只小手，恋恋地又把它捡了起来。"我爱极了你的诗篇——而我也同时爱着你！"这话，或许只是他的一时情热，但对于一个孤独了太久太久的女子来说，它如一道光，艳艳地照进她幽暗的心房。

哪个女子不怀春？诗人对爱的渴望，只会比常人更需要百倍、千倍、万倍！

如果，没有爱，我们的诗，写给谁?

何况，这是38年来，第一次有男人对她示爱!

就像春风第一次吹开百合，就像月光第一次照耀山林，那天，她第一次沉醉在“被爱”的幸福里，心潮起伏、热泪盈眶。她是已经被上帝遗弃了23年、被黑暗囚禁了整个青春的弃儿啊，怎敢想爱神会来轻敲她的门?

然而，她毕竟是一个有教养的庄重女子，毕竟年近不惑，按捺下心头的种种潮涌，她只是给他回了一封谦逊、亲切的长信，意味深长地说:“心灵的共鸣是值得珍惜的——对于我来说，尤其值得珍惜……”

好了!有这么一句就可以了!给她写了那么冒失的信，原也没指望人家著名诗人会搭理，现在，不但在第二天就收到了回信，而且有了这么耐人寻味的话，那还等什么?

他的信源源不断地涌到了她面前。带着年轻诗人特有的兴奋、激动，带着年轻男人特有的热情、莽撞，他来了!他把自己缠杂在文学、艺术、生命、爱情、死亡等无人能解却也是无人不思的命题之中，不由分说地来了!都说知音难觅、相知难得，其实在层次相当的人与人之间不见得就真有多么难。因为我们大家都有相似的寂寞，都有相似的情怀。她所想的他在想;他在想的也是她的思考。生命中有多少无言沉默的时刻，内心却如万马奔腾，我们多么希望说给人听，却轻易张不开口。书信，就是最好的传情达意的使者。四个半月，他们互通了几百封书信。信发出以后的每一刻钟都在盼望着回信。对于懂得的人，好句如好音，好音衬好句，不见其人，但闻其声已如桃花灼灼。红笺小字，层层心事可生书。书信是打开心灵之门的钥匙。也是你我互相投下的诱饵。一来一往中，想不被征服都不能够。因为，我们需要这引诱，我们喜欢被彼此引诱。

书信互通到一定程度，彼此的性情、处境、想法都已经是熟悉得如对镜中的自己。一种渴望已久的情感在蔓延生长。他们俩眼睁睁地看着这感情在日夜滋长，即使想要薅除，也早已无从下手，漫山遍野都是春天！

很自然的，他提出来要见面。可是，她说不。她坚定又软弱地拒绝与他见面。

不是不想见，是因为情怯、因为自卑、因为害怕，不敢见。

男女相见是朝思暮想的事，却也是一道坎。“见光死”比比皆是，就是因为我们有太多人迈不过去“真实”这道坎。书信传情，是略过日常的凡庸；劈面相逢，却是要我们卸掉所有的伪饰，胆小的人怎能不选择退避？

所以她拒绝了。感情是至纯至美的东西，她真的怕他吃不住这赤裸裸的相对，从她的生命里消失——如果，他真的离开，让她如何来度这没有他陪伴的岁月？

一次，两次，她都拒绝了，但到第三次，她挡不住了。他缠，他磨，他坚持，他说再不让他见，他会“死掉”！——哪个女子能受得了这扭股糖似的缠磨？更何况她想见他之心，哪里就比他少一点点了？

于是在 1844 年的春天，他走进了她的城堡。

缩在客厅沙发深处的她，因为情怯，紧张得瑟瑟发抖，像一朵在风中轻摇的栀子花。常年不见人不见阳光，使她有着深闺弱质特有的干净与娴雅。不仅不像是一个四十上下的“老女人”，相反，她那种羞答答怯生生的情态，使他感觉她像一个睡在篮子里的、需要人时时照拂的婴儿。一种强烈的保护欲油然生起。他俯身下来，抬起她的手，深深地行了个吻手礼……

如果先前他说爱她，那么肯定是因为她的旷世才华使他爱慕她的灵魂；现在，当他亲眼见到她，他才知道因为她的柔弱无助使他命中注定要成为她的守护者！上帝派他来到世间，原来不为别的，只为让他成为她的守护神！

于是三天后，白朗宁的求婚信到达她手中。

独自对着那封信，她哭了个肝肠寸断，但最终她还是理智地拒绝，并请求白朗宁“不要再说这些不知轻重的话”，否则友谊也将无法维持。

早已恢复单身的白朗宁体恤地答应了。他知道她不是对他没有爱，而是自卑深重的她，感到无法减缩他们之间的那些悬殊。她不敢去拥抱幸福。

不谈婚嫁，不意味着爱情不再生长。他只是不逼着她立刻直面这个问题罢了。他对她的爱，比爱还要多一些，是一种掺杂了仰慕、怜惜、同情、欢愉、征服的感情。这感情犹如围绕着桃花的轻雾，让他们欲罢不能。依然是信件不断，连同一朵又一朵饱满娇艳的玫瑰花，他把自己的心、自己的一切，完完全全地摊在了她的面前。她感动地含泪写下了这样的诗句：“我背后正有个神秘的黑影在移动，而且一把揪住了我的发，往后拉，还有一声吆喝（我只是在挣扎）：'这回是谁逮住了你？猜！''死。'我答话。听哪，那银铃似的回音：'不是死，是爱！'"

当她写下这样的诗句，就意味着她终于相信，这个世界上有一种爱，真的是由于灵魂的恋慕为起始，跨越世俗的种种羁绊，两个人可以一起飞。

在爱的激励下，世界上最震撼人心的故事发生了！——这个已经在床上瘫痪23年的女子，依靠着这个男人给予的那份爱，居然哆哆嗦嗦地站了起来！

要经历多少次跌跌撞撞，要忍着怎样的钻心疼痛，要多少恒心，要多少热望，才能让一副衰残之躯从病榻上爬起来？！

在没人的地方，当她无数次地跌倒又爬起、爬起再跌倒，当她一步一步探出脚步迈向幸福，任谁看见都会惊惧地瞪大眼睛，原来那早已经被太多人嘲笑，甚至鄙薄的爱情，真的具有如此这般强大的魔力！

有一天，大家都在。她慢慢地顺着楼梯走了下来。忽地一下，所有人都惊呆了！……她！伊丽莎白！会走了？！

伊丽莎白满意地看着大家，调皮地笑道："看你们这副样子！就仿佛我不是从楼梯上走下来，而是从窗户里走下来似的！"

白朗宁禁不住热泪盈眶！他疾步冲过去，生怕她跌倒，像抱着瓷器一样护住她。无须说明，作为男人、作为这场恋爱的主人公，他在瞬间就已经想明白，这个女子在背后下了多大的功夫，才终于"走到"了他面前？！这个柔弱的女子，在爱情面前是多么刚强！

心痛，心疼，心酸，心跳，使他无语凝咽。

爱情是什么？是光！是力量！是活下去的勇气！是幸福的召唤！是——医我的药！

你是我的药，没有你，我永远不会好……

这珍贵的药，以一种迅猛的力道进入伊丽莎白的肌体，创造了医学史上的奇迹。在短短不到两年的时间里，一个卧床 23 年的女子爬了起来不说，竟然可以渐渐走下楼，踏上鲜花盛开的小径，沐浴在了灿烂的阳光里……

这是神迹？是传奇？是齐东野语？不不不，这是真实的爱情往事。

你是我的药，今生，我必须天天服用你。

当白朗宁第三次求婚时，伊丽莎白答应了。除了年龄，现在，他们俩之间已经没有什么阻隔。而年龄，如果当事人不在意，它算个什么东西？

可是障碍还是出现了。伊丽莎白的父亲，那乖戾的老人，坚决不答应他们的婚事。——他不答应他任何一个子女的婚事，以取消财产继承权相逼。他大发脾气、大吼大叫，把女儿伊丽莎白吓昏了过去。

苏醒后，伊丽莎白叹一口气："爸爸，我不是孩子了，我已经 40 岁了。我在床上瘫痪 23 年，我好容易遇到了生命中的爱——除了死亡能够使我们分离，这个世界上再没有任何力量可以拆散我们。"

1846 年 9 月 12 日，40 岁的伊丽莎白和 34 岁的白朗宁悄悄地举行了婚礼。没有亲人的祝福？没关系，我是我自己的主人，我们自己祝福自己！“如今，我再不追寻我生命中前半的样本，让那些反复吟叹、卷了角的书页放过在一边，我给我重写出新的一章生命！”

一周后，伊丽莎白带着忠心的女仆和爱犬，以及一年又八个月的情书，随夫婿渡过英吉利海峡，畅游欧洲，最终定居在意大利佛罗伦萨。她给妹妹写信风趣地说：“我一再告诉他，不要到处向人炫耀我们到过什么地方了等等，好像有个两条腿的老婆是件多么了不起的大喜事一样……”

婚后第三年，43 岁的白朗宁夫人，生下了儿子贝尼尼。在孩子两岁的时候，他们回到了英国。但她的父亲却不允许她回家。他拒绝见他们，连孩子都不见。甚至把她写给他的信件全部退了回来。伊丽莎白苦笑着摇摇头，父亲可以不认她这个女儿，而她却永远不会怨恨父亲，拥有爱的人也拥有宽容。

白朗宁夫妇在一起生活了 15 年。15 年柔情蜜意琴瑟和谐，15 年流光容易把人抛。1861 年 6 月 29 日晚上，他们在院子里坐着聊天，她和他谈心说笑，用最温存的话表达她的爱情。后来她感到倦了，就偎依在白朗宁的胸前睡去了。睡了几分钟，她的头忽然垂了下来。他以为她是一时的昏晕，但是她去了。白朗宁夫人躺在她最爱的人的怀里，离开了人间……

你是我的药，有效期 15 年。

从最温存的幸福里跌落到最惨痛的哀伤中，不到 50 岁的白朗宁没有料到，他的爱与自己只有15年的缘分。用任何言辞都无法形容这个男人的痛楚。他独自带大了他们的孩子贝尼尼。在以后的20多年里，有很多女人喜欢他，他都拒绝了，他说："我可以娶你，但你得不到我的爱，因为我早在二十年前就已经把我全部的爱埋葬在了佛罗伦萨……"

伊丽莎白，其实，你也是我的药。服用过你，我才更加懂得这人世的珍贵与美好。

伊丽莎白，下辈子，让我们还来做彼此的药。我要向上帝祈求，有效期，不要那么短，请给我们——长长的一生。

四千个春天

一个人如果 17 岁想要恋爱行不行？不行！所有人都会这么说，因为太“早”了；一个人如果 71 岁想要恋爱行不行？不行！所有人又会这么说，因为太“晚”了。

什么时候恋爱不早不晚？

他们说，那就是通常大家都能认可的 20 来岁吧。问题是，那个岁数，有多少人能够真正认识自己、认识他人、认识爱？又或者到了晚年丧偶之后，仅仅因为年龄，就不应该再去好好地热烈地爱一场？——不管！反正你就得这么着来，否则就千夫所指！——我们的社会就这么“天真又可爱”地延续了一代又一代。

好在，历来都不乏为爱痴狂的“顶风作案”者。他们既非先知先觉的圣贤，又非雄才大志的英豪，他们只是因为“爱了”，所以，对这个世界显得不那么奴性、不那么顺从、不那么驯服，而是执意听从了自己内心的召唤，因此让自己的行为有了北岛那句诗的诗意：“在没有英雄的年代，我只想做一个人”！

大名鼎鼎的梁实秋就是这样一个践行者。

1974年，在美国，因为一场意外事故，梁实秋突然失去了陪伴自己半个多世纪的发妻。“梧桐半死清霜后，头白鸳鸯失伴飞”，人生至此，看看就要现出那下世的光景来了。谁能料到一个身患糖尿病、高血压等行将就木的老者，在半年后，即陷入一场轰动朝野的倾城之恋？

这场恋爱的女主人公，就是身为歌星加影星的韩菁清。于时，梁实秋“芳龄”71，她43，比他女儿都要小好多。隔着近三十年的时间之海，尽管他早已是久负盛名的大作家，是独立翻译《莎士比亚全集》的中国译界第一人，是主编《远东英汉大辞典》等数十种英汉辞典与教科书的大教授，然而，就因为他此刻的年纪，刚到中年的她看他，犹如看张爱玲笔下那“三十年前的月亮，是铜钱大的一个红黄的湿晕，像朵云轩信笺上落了一滴泪珠，陈旧而模糊”。她哪里会想到自己有一天要成为他最后的爱？

命中注定，1974年11月27日，他们在台湾初相遇。人生最美就是初相遇时的一见钟情。那种感觉微妙又美好，几近于一种神秘，不可言传、不可与外人道，唯有当事人的怦然心动让彼此知晓：若没有缘，我们天天要见多少人，谁能轻易弹响你的心弦？而若是那有缘人，则必定如仓央嘉措的情诗所言：“这一世，我翻遍十万大山，不为修来世，只为途中能与你相遇。”

相遇之后不到一周，梁实秋排山倒海般的情书就来了！有时一天一封，有时两封，甚至三封、四封……两个月中写了二十多万字！对她的称呼，从“菁清女士”，到“菁清”，到“清清”，到“亲亲”，到“小娃”，热烈、真挚、深情、动人。正如他所说的“诗人、情人、疯人，永远是三位一体的，没有情人不写诗的，也没有情人不疯狂的……”

情书之于懂得的女人，就像黛玉初读《西厢记》心旌摇动，当时只觉芳词警曲，耀目惊心，令人痴痴若醉。——不必借用其他路径便可直抵深心，这就是文字的力量！这些句子宛如天女手中的花，纷落于红尘，却不沾染，亦柔亦美，婉转一声，山鸣谷应。何况，写下这一行行文字的，不是别的普通男人，而是大名鼎鼎的梁实秋啊！梁实秋是谁？那是中国文化界，乃至世界文化圈里的泰斗！哪个有知有识的女人可以对此无动于衷呢？“要醒千年梦，需开顷刻花。”也许，直到此时，她对他还不是出于完完全全的爱，而是一个爱上爱情的女人。可是，爱上爱情，有什么奇怪？我们多少人不是先爱上爱情，然后才为爱情后面的那个人披了一件梦的衣裳？

韩菁清从来就不是洗衣做饭生孩子的寻常女人。她是地地道道的千金大小姐。出生在湖北巨贾之家，15 岁就在上海荣膺“歌星皇后”，填词作曲，多才多艺。锦绣丛中的金枝玉叶，她要寻求的根本就不是寻常如你我的这种胼手胝足、帮衬着按揭买房的“生活伴侣”，而是犹如林黛玉对贾宝玉式的“精神伴侣”。

而梁实秋，他恰恰是一个典型的、标准意义上的文人。虽然当年被鲁迅斥为“丧家的资本家的乏走狗”，但公平说来，抛开政治因素，梁实秋比之于鲁迅，其实更像一个文人。他的文章，津津乐道，收放自如，既简洁又幽默，就像一个很雅的绅士在谈一些很雅的旧事：书房、信、听戏、美食、男人、女人，没有大悲大喜，没有生之无聊，死之毁坏，有的皆是高雅的趣味和平和的风度，以及一种积极的和温暖的情味。这大概与他性格爱好不无关系：爱吃，好戏，喝酒，喜呼朋唤友，又文才出众，自然就有风流的口碑——并非名士风流，而是才子风流。

梁锡华在《一叶知秋》中评论梁实秋说："他有胡适先生的温厚亲切，闻一多先生的严肃认真，徐志摩先生的随和风趣。"余光中说："他的谈吐，风趣中不失仁蔼，谐谑中自有分寸，十足中国文人的儒雅加上西方作家的机智，近于他散文的风格。他的前额显得十分宽坦，整个面相不愧天庭饱满，地阁方圆，加以长面隆准，看来很是雍容。这一切，加上他白皙无瑕的肤色，给我的印象颇为特殊。后来我在反省之余，才断定那是祥瑞之相，令人想起一头白象。"

余光中还曾说："莎士比亚只写了二十年，梁实秋先生却译了三十六年，不过我们不要忘了，莎翁是连续地写，在太平盛世的伦敦连续地写，而梁翁是时作时辍地译，在多难的中国时作时辍地译。从二次大战之前译到二次大战之后，从严寒的北国译到溽暑的南海，且把昔之秋郎译成了今之梁翁。"拥有这般毅力、能力、成就的男人，如今一见倾心爱上了其实也已经不再年轻的她，让她如何不心动？

除了岁数偏大，这个有才学有名望有爱有激情的男人有哪里不好呢？

其实最能反映女人品味的，不是她的衣着、爱好，也不是她开的车、看的书、布置的家，而是她爱上一个怎样的男人。即使在其他方面品味优雅，若爱上一个差劲的男人，便功亏一篑。反过来说，一个能够爱上优秀男人的女人，在其他方面又怎会差？

先前也经历过失败婚姻、尝受过情爱之苦的韩菁清辗转反侧无数次之后，最后她终于想明白了，这个世界上，不是每个人都适合和你白头到老。有的人，是拿来成长的；有的人，是拿来一起生活的；有的人，是拿来一辈子怀念的；而眼前出现的这个人，是拿来爱的。而一辈子没有狠狠地爱过和被爱过的人，都是没有被成全的可怜人！因此，她写下了这样的回信："亲人，我不需要什么，我只要你在我的爱情中愉快而满足地生存许多许多年，我要你亲眼看到我的脸上慢慢地添了一条条的皱纹，我的牙一颗颗地慢慢地在摇，你仍然如初见我时一样好奇的目光虎视眈眈。那才是爱的真谛，对么？"——尽管早早就浸淫在复杂多变的娱乐圈、名利场，但是，这个女子从骨子里依然浪漫、深情，她爱上才子，爱上了才子的爱……

就是这种纯粹的真感情，使他们感受到了爱的美好与强大。

跨越了近三十年差距的一对男女彼此情投意合，就要进入爱的乐园了，没想到，"社会"不干了！

"社会"是谁？就是无数个生的、熟的、半生不熟的、滴滴答答的爱管别人闲事的人。1975 年的台湾，因为梁实秋和韩菁清的恋爱事件，闹了个满城风雨沸沸扬扬。报纸首先发难，《教授与影星黄昏之恋》，类似的新闻标题在大小报纸上频频出现。多数文章都认为让韩菁清这样一个演艺圈中的过气明星嫁给一个“国宝级”大师，是对大师的亵渎。梁的学生成立了“护师团”；梁的友人也认为“一树梨花压海棠”太不像话；他们说她是“收尸团”一员，与梁教授结婚就是图谋他的钱财；他们力劝他悬崖勒马，纷纷为他介绍他们认为相配的女性；他们甚至说她是一个“烂货”……可想而知这场“新闻风暴”给当事人带来怎样的折磨！

人类社会非常奇怪的一个现象就是对老年人婚恋的不宽容。尤其是我们中国人，稍微上了一点年纪就应该清心寡欲专门等死才好，否则就是为老不尊。

上年纪的人就不许有爱、有感情、有欲望、有梦想？这是谁的规定？你30岁，有了70岁的心脏、过上了无性婚姻，那是你的问题，你凭哪点反对一个70岁、拥有30岁心脏的男人不能够再好好开始爱一场？谁说爱情只是年轻人的专利？老年人有权利按照自己的意志，自由地恋爱和结婚。“每个人都有追求幸福的权利！”这句话，誓死捍卫！

从抗战时期即被鲁迅骂得体无完肤、百喙莫辩的梁实秋可谓早已经品味到“天凉好个秋”。他对人、对事、对情爱的境界哪里是凡俗人等可以体悟的？面对铺天盖地的喧嚣，他不过是淡淡一笑。他说：“我只是一个凡人——我有的是感情，除了感情以外我一无所有。我不想成佛！我不想成圣贤！我只想能永久永久和我的小娃相爱。人在爱中即是成仙成佛成圣贤！”

经过这炼狱般的考验，相恋的两个人更加坚定了执子之手死生契阔的信心与勇气。十几岁起就在娱乐圈闯荡的韩菁清面对这场轰轰烈烈的爱，越来越清楚地知道：历史是人家的，传奇是人家的，世间嘈杂的耳语，不过是他人自说自话的意淫。她这个遇到真爱的女人，此刻不过是听从自己内心的呼唤，把爱情进行到底！

那些揭人隐私、说人不好的人，想想自己吧！你就那么完美吗？谁不是千疮百孔，有过许多往事，许多荒唐？凭什么说人家？

我们何必要求自己拥有的人、事、物都完美无瑕，没有缺点呢？看得惯残破，也是历练，是豁达，是成熟，是一种人生的境界啊！

1975 年 5 月 9 日，梁实秋与韩菁清举行了婚礼。将所有人的意见、建议、斥责、阻止撇到爪哇国里去，相爱的这对人儿高高兴兴地结合了。其实，这个世界上没有任何力量能够阻挡真正相爱的人。注意，我说的是“真正相爱”哦！一对相爱的人儿，想要在一起，是一定可以的；相反，若是不到某种火候，怎么着都能找得到借口，给对方，也给自己。

不知道那些曾经鼓噪的人们，听到这个消息，有没有郁闷地抽自己一个嘴巴子？

梁实秋与韩菁清的新房设在韩菁清家。从来就没有缺过钱的韩菁清，唱歌一晚上的收入就要比梁大教授一个月的薪水高。人家光是在台北就有好几套房子！这样的女人，能看上他这个文人那俩辛苦钱？这样的女子当然也不可能住到他的“雅舍”，何况他当年是卖了房子到西雅图，现在台北并无房舍。有现成的豪宅，何必又在乎什么形式？他们俩的结合，原本也是超越了世俗物质层面的啊。那天晚上，高度近视的新郎官因不熟悉环境，没留心撞到了墙上。新娘子立即上前将新郎抱起。梁实秋笑道："这下你成'举人'了。"新娘也风趣地回答说："你比我强，既是'进士'（谐音近视），又是'状元'（谐音撞垣）。"两人相视大笑……幽默、俏皮、轻松的背后是一整套学养与境界，那是层次相当者才会有的心有灵犀一点通。

"凤髻金泥带，龙纹玉掌梳。走来窗下笑相扶，爱道画眉深浅入时无？弄笔偎人久，描花试手初。等闲妨了绣功夫，笑问鸳鸯两字怎生书？"幸福的生活就这样开始了。

人家关起门来过上了自己的小日子，这个世界上偏生还是有很多人酷爱包打听，明明自己也少不得吐痰、如厕、上床、剪脚趾甲……偏偏看见别人如此就想窥阴。尤其是对老年人的性爱，更是恨不得来个现场直播方能过瘾。有作家写过国外有个七八十岁的老太太嫁了个二三十岁的小丈夫，电视台闻风而来，吭吭哧哧地问："那，你们，还有——那事吗？"老太太狠狠瞪她一眼，大声说："certainly！"呵呵，回答得真妙，certainly！人家既然是做了夫妻，当然会有性爱，可那爱的方式、程度、情形，为什么要细细告诉你？无聊。

抱得美人归，秋郎宛如找回了远离的青春。钱钟书说老年人的爱情如老房子着火，烧起来没救。——如此热烈的青春之火，为什么要去救？让它烧吧！烧吧！多少人一辈子都没有过这样呼啦啦热腾腾地燃烧过一次呢！他对她说："我像是一枝奄奄无生气的树干，插在一棵健壮的树身上，顿时生气蓬勃地滋生树叶，说不定还要开花结果。小娃，你给了我新的生命。你知道么？你知道么？……我过去偏爱的色彩是忧郁的，你为我拨云雾见青天，你使我的眼睛睁开了，看见了人世间的绚烂色彩。”

这美丽可爱的小娃，犹如宋人画里的折枝牡丹，只与人世富贵相见。多才多艺的她还有一手好厨艺，让人口齿噙香。婚后，梁实秋心宽体胖，八个月体重上升了五公斤。外界也注意到，原本搁笔已久的梁实秋又开始了创作。他每天上午专心读书、写作，一天写五千字。1979 年 6 月，梁实秋写完了《英国文学史》和《英国文学选》，前者约一百万字，后者约一百二十万字，后来均获得了“国家文艺贡献奖”。为了使他劳逸结合，她教会了 74 岁的丈夫跳舞。月华如水，两人相拥着翩翩起舞。台湾的春天，桐间花落，柳下风来，满山遍野都是杜鹃，那艳艳的红一路噼噼啪啪开到了窗下……

而她，亦是快乐的。莳花，煮菜，弹琴、唱歌，她做什么他都喜欢，她穿什么他都觉得漂亮。在他眼里，她腰肢婀娜，明眸善睐，纤长的手臂波浪一样柔婉地起伏。没有被男人如此深爱过的女人，无法体会那种花朵般柔美的绽放，丝绸般细腻的爱抚。他宽厚的笑容如掌，供她的灵魂在其上肆意旋舞。舞低杨柳楼新月，歌尽桃花扇底风。那种一半是爱侣一半是女儿的感觉，真是妙不可言、让人甜蜜欢畅。

尽管日日相见，两人依然情书往还。署名“秋秋”的无数信中，有热盼“清清”回来的，有思念至心神不宁唯有写信的，有谈家中琐事的，有关于日程的妥帖安排的——因了梁实秋生花的妙笔，使得“寻常一样窗前月，才有梅花便不同”。

以热烈的爱、以无比的激情、以无限的宽容、以无尽的留恋为证，梁实秋在和韩菁清度过了十三年质量饱满的婚姻之后，在84岁上驾鹤西去。弥留之际，他拼尽全身力气喊出的最后一句话是“清清，我对不起你，怕是不能陪你了！”——他爱这个女人，爱到了生命的最后！

可是啊！那个被他爱宠了十三年的女人，该用怎样的拥抱来面对他渐渐冷却的身体？该用怎样的忧伤在满天星斗中品尝这孤独的冷清？“君生我未生，我生君已老。君恨我生迟，我恨君生早。君生我未生，我生君已老。恨不生同时，日日与君好。我生君未生，君生我已老。我离君天涯，君隔我海角。我生君未生，君生我已老。化蝶去寻花，夜夜栖芳草。”

在强大的自然规律面前，我们任何人都无计可施，然而，想到我们曾经没有错过、没有辜负了在一起的日日夜夜；想到我们战栗的双唇曾经惊心动魄地碰在一起，想到我们爱情的岩浆从灵魂深处喷薄而出，这个女人和这个男人就没有白活！

在爱的阳光下，他们度过了四千多个春天！

这样的春天，你可曾有过一个？

凤凰委羽

1

世界上最动听的是什么话？——情话；情话中最深婉有风致的是哪一句？我以为当是——“我行过许多地方的桥，看过许多次数的云，喝过许多种类的酒，却只爱过一个正当好年纪的人。”

半个多世纪都过去了，当我第一次读到沈从文为他爱慕的女子张兆和写下的这句话，瞬时心上一热——人家都不是说给我听的——就是眼前有谁说给我听，他也不是那人哪——那人，那时不到三十，也是正当好年纪，清清秀秀的容颜，斯斯文文的脾气，写下了那么多流光溢彩的好文章，可是他谁都不爱，唯独只爱我——张兆和！然而，起初她并不爱他，他也清楚地知道她不爱他。

她是苏州富商家的三小姐，他那时也不过是个小学学历大兵出身的“穷教书匠”，若不是有小说家的才华来打底，真可谓天悬地隔。1929 年在上海中国公学他们初相遇，张兆和众多的追求者中沈从文仅被排为“癞蛤蟆第十三号”！那个时代上了大学的大家闺秀，那身份、那骄傲，可不是我们现在所能想象出来的。更何况张兆和还是少见的美女体育健将。很多年后沈从文回忆说，有一次他看见秀美的“黑牡丹”张兆和在操场上边走边吹口琴，走到操场尽头，潇洒地将头发一甩，转身又往回走，仍是边走边吹着口琴……这一幕，让这个做她老师的人怦然心动……

可是沈从文爱上英语系读书的张兆和在当时来说实在不是个被人看好的事。门户悬殊之类的姑且不论；此前在上海被小报中伤他和胡也频、丁玲三人“大被而眠”的谣传也不论；单是“先生爱上女学生”这一条就足够让世人非议。古老的中国，许多事都是明令禁止的，比如男女授受不亲，比如不能思慕与己不门当户对之人等，可是时代到了 20 世纪 30 年代，民国已经是一种纷然的红尘人世。旧的东西还在盛行，新的也在暗涌，犹如那让人有所待的酿花催花天……所以他以一种任性儿郎的姿态不屈不挠地求爱，不达目的誓不罢休!

从 14 岁离家随军在川、湘、鄂、黔四省边区看人杀头抢掠；到 1923 年前往北平学习写作；1924 年开始发表作品，并与胡也频合编《京报副刊》和《民众文艺》周刊；再于 1928 年到上海与胡也频、丁玲编辑《红黑》《人间》杂志，次年被分外赏识他才华的胡适聘到上海中国公学任教……这十多年的历程，贫寒、坎坷，丰富又传奇，也算见多识广、阅人无数，为什么会在此刻突然如此执拗地爱上一个小他六七岁的毛丫头？换句话说，他爱她什么？

爱她的美貌、聪慧？也许是的。他说过："打猎要打狮子，摘要摘天上的星子，追求要追漂亮的女人。"爱她身后的家世以及她世家修养出的精致高雅？也许是的。这个世界上颇有一些乡野出身的"凤凰男"，以把世家大小姐追到手视为人生成功标志。虽有人说齐大非偶，但他可不是那无用的孱头！沈从文这个人一生腼腆羞涩怕见人，内心单纯如幼子；同时苗人的血统亦给他"诚实、勇敢、热情、血质的遗传"。他理想中的男子是"美丽强壮如狮子，温和谦逊如小羊"，他决意要做的事情、决意要得到的女人，那就是连神都要来答应成全的……

长达三年零九个月，中国现代文学史上最伟大的作家沈从文，源源不绝地给他心爱的姑娘写情书。那是些什么样的句子啊？怕是只有用羊脂玉、红玛瑙、紫水晶、祖母绿这些流光溢彩的珠玉才能比拟得出它们的文采风流吧？"望到北平高空明蓝的天，使人只想下跪，你给我的影响恰如这天空，距离得那么远，我日里望着，晚上做梦，总梦到生着翅膀，向上飞举。向上飞去，便看到许多星子，都成为你的眼睛了……"

张兆和从收到他的第一封情书开始，不回复不搭理，只是编了号，收着。自古以来，文人追求爱情的撒手锏便是情书，如同佐罗用剑与迷人的吻征服了无数贵妇的芳心。文字制造的美宛如用桃花装点着的春天……她要是不看就好了——岂能不看？——越看她心上越烦——因为沈先生说，她要是再不答应，他就要去自杀！小姑娘急了，跑到胡适校长那里去告状。她想，当老师的这样“骚扰”学生，那肯定是一告一个准儿！没料到，她遇到的是中华文明和西洋文明培养出来的世界上最柔和最宽容最善良最可爱的好男子胡适博士！胡博士笑眯眯的，不但不批评自己的男教师，反而劝自己的女学生说：“你答应他吧，他是一个难得的天才，这样的天才需要好好地呵护……我也是安徽人，不然我去和令尊大人说说？”呵呵，这才叫“胡太守乱点鸳鸯谱”！

沈从文爱上张兆和，恰如《诗经》中描写的情致：“野有蔓草，零露溥兮。有美一人，清扬婉兮。邂逅相遇，适我愿兮。”遇到这个“适我愿兮”的她，他坚定不移地相信凭着他的爱、才华、执着以及年轻人的热切，终究会有“与子偕臧”的那一天！

果然如此。用了差不多四年的工夫，这个骄傲的姑娘终于软下了心肠。他的情书，如同一只只翠鸟，飞来在她心上筑了巢。在日记里她写道：“我虽不能爱他，但他这不顾一切的爱，却深深地感动了我，使我因拒绝他而难过。”

对于一个女子来说，感动即是接受爱的开始。不过，与其说是张兆和因被爱而产生了主动的爱，不如说，她一点点地不自觉地跌入了沈从文惑人的文字迷障里。是情书之美与情书之幻带来的催情作用，让这坛“女儿红”开始酝酿、发酵，直至宝光潋滟……

1933年9月，这个乡下人在北平喝到了张兆和酿给他的甜酒。醺然薄醉中，他有没有看到自湘西凤凰飞出来的、一直依附在他身上的那只五彩斑斓的大凤凰在阳光下起舞？

2

沈从文拒绝了岳父的钱财馈赠，除了梁思成林徽因夫妇送的两床百子图床单，这对新婚夫妇可谓家徒四壁。院子里有一棵槐树、一棵枣树，他把他的家称为“一槐一枣庐”。没关系，要东西干什么？有爱就足够了啊！

那时的爱情那么浓那么烈，两人真是一步都舍不得分开。1934 年，沈从文回湘西，回家途中虽然写下了著名的《湘行散记》，但他在信中说，他原本计划是用一半的时间给张兆和写信，一半的时间用来写文章，可是，离开她之后，他却一心地只想给她写信：“三三，想起我们那么好，我真得轻轻地叹息，我幸福得很，有了你，我什么都不缺少了……我只是欢喜为你写信，我真是这样一个没出息的人……我真想凡是有人问到你，就答复他们‘在口袋里！’”留在家中的张兆和给他回信亦充满柔情地问：“长沙的风是不是也会这么不怜悯地吼，把我二哥的身子吹成一片冰？”

要是蜜月永远存在、人生永远能够活在这样的甜蜜里就好了！只可惜，好日子是“转眼吊斜晖，湘江水逝楚云飞”。

富家出来的张兆和在婚后是很不错的。她曾写信给丈夫说：“不许你逼我穿高跟鞋烫头发了，不许你因怕我把一双手弄粗糙为理由而不叫我洗东西做事了，吃的东西无所谓好坏，穿的用的无所谓讲究不讲究，能够活下去已是造化。”20 世纪 30 年代中后期的北平，随着日寇的逐渐猖狂，民众的不安越来越严重，作为一个受过高等教育的女子，尽管是家庭妇女，她也深深地感知到时代的风云与生活的艰辛。最重要的是她怀孕了！

怀孕这件事，对于很多女人来说是一种隆重的幸福，对于一些丈夫来说，恰恰是一个痛苦的开始……他失落、他焦虑、他性压抑、他不无醋意地妒忌着妻子肚子里的宝宝……老婆孕期＝婚姻危险期，这绝不是耸人听闻，而是无数案例总结出来的科学结论，沈从文不过是其中的一例而已。

他和张兆和的爱情，起初就是不均衡的。她是名门大户的富家女，他是卑微的乡下人，好容易经过四年的苦追弄到了手，可是就如同董永得到了七仙女一样，你以为他不会怀疑人家在俯就？你让他如何能够坦然地承受、如何能在心底消除那种不由自主的谦卑？爱情的最高境界，是两情相悦的一种不可言说的感觉，犹如一把钥匙开一把锁。他们两个在这一点上一开始就没有契合。男追女太苦，婚后心里也不甘……至于那些你侬我侬如胶似漆，不过是男女间的生物本能罢了，哪里吃得住“司空见惯习以为常”的摧残？再加上他是一个深具浪漫主义情调的文人——当他发现原本视为天人的女子在婚后吃喝拉撒柴米油盐与一般人并无二异，眼下还因为怀孕屁股变大腰肢变粗……不，不，这一切，与他对女人的理想是不一样的。他笔下的女子，是《神巫之爱》中那披着长长的头发、一身白衣、美目流盼，使得神巫都一见倾心的小美女；是《月下小景》里“身体用白玉、奶酥、果子同香花调和削筑成就的东西”……你让他怎能不感到失落？

这时候一个名叫高青子的文学女青年出现了。她是熊希龄家的家庭教师。据张兆和晚年时回忆，高青子长得很美。一张白白的小脸，一堆黑而光柔的头发，一点陌生羞怯的笑，给人一个幽雅而脆弱的印象。这美丽的“骨灰级粉丝”完全符合沈从文一贯以来对美的孜孜追求与细腻体验，他“仿佛看到一条素色的虹霓”，照亮了天空……

沈从文是个典型的性灵派文人。他以天才的笔触把人生的体味炼入辞章，清新静美中表现人性的真切动人。他从悠远宁静的边城凤凰走来，怀揣着诗情画意、奇思妙想，执意要将生活做成梦一场。他的文章千回百转指向一个情字、一种痴意。像月亮的引力牵动着潮汐，他时时被内心巨大的创作冲动而感召，他不喜欢凡俗庸常的“过日子”，他需要爱，需要纯粹的“爱情”……席勒说：“爱是一种自由的感觉，因为它纯洁的泉流源于自由，源于我们神一样的天性。”是的，他就是来自天国的神！没有爱情，就没有他的创作；没有作品，那你让这个为文学而生的天才怎么活？

因此，在1946年之前的这段岁月里，沈从文的生命中几度出现“偶然”。他在《水云：我怎么创造故事，故事怎么创造我》中，以隐讳的笔法记录了他对婚姻的审美疲劳和他的“婚外情感发炎史”，作为一个作家他可以说是忠实的，作为一个丈夫……

可是张兆和在他“婚外情感发炎史”阶段，并没有跳出来有过什么行动似的。只听说她因为高青子之事，在医院分娩后回了娘家。回去后，沈从文的情书又是一封一封源源不断地写来，居然写的还是高青子的事情！由此也可以推断出人家两个可能最多只是搞搞精神恋爱而已啦，不然的话，他敢给自己老婆显摆？幼稚天真的沈从文给张兆和坦白自己有“横溢的情感”，“天生血液里多铁质因而多幻想的成分”……

大约，也只好这样认了吧！爱上一个文人，你会享受到他因为才华带来的让人仰慕的幸福；也肯定要承受他带给你的辛苦与煎熬。做一个视生活如小说、混淆了现实与虚构，并急需情感抒发的作家的妻子，你必须得逼迫着自己承认我们无法用一般的标准来衡量他。一个好的作家，都是分裂的。从《八骏图》里可以看出他是纯情的同时又是暧昧的；《看虹录》表现出他的节制与放纵；《水云》则反映了安静的他同时具有狂想气质……他是自然之子，他是无冕之王。他就像毛姆在《月亮与六便士》中说他的男主人公思特里克兰德一样：“他像一个终生跋涉的香客，不停地寻找一座可能根本不存在的神庙。我不知道他寻求的是什么不可思议的涅槃。”

“竹外桃花三两枝”，哪个出色男人的生命中不曾飘过三两朵桃花？非常优秀又绝对零绯闻的人，太少了。要么是隐蔽得好，要么是时候未到……我张兆和，凭什么以为自己就是他永远唯一的爱？婚前，或许是；婚后，我不过是堕落到凡尘掌管柴米油盐的主妇。

啊，就这样吧，生活，是一场浩瀚的修行，有些人是灵修，有些人是苦修。她们那一代名媛——也是中国最后一代真正的大小姐，是不可以轻举妄动的，陆小曼、林徽因、蒋碧薇……她们，哪个不是一有什么便被搞得满城风雨？那时候的狗仔队并不比现在的弱啊。事关清誉，看着相继出生的两个儿子，我，不哭不闹不上吊，我要灵修……借由你，借由这所谓爱情，证明了我是长江大河般的女子，强大至斯，竟有这样澎湃的、包容一切的力量！

只是，月色如水，抬望眼，看到那只五彩斑斓的凤凰，我忍不住悲欣交集……

从1926年出版第一本书《鸭子》开始，至20世纪40年代沈从文出版了七十余种作品集，被人称为多产作家。他的儿子沈龙朱说："妈妈承担所有的家务事……"

别问我爱还是不爱，别问我好还是不好……和整个民族一起，张兆和经历着抗日战争、解放战争，她不能再来制造两个人的战争……她只有让自己长成一棵梧桐树吧，因为那凤凰即使心在流浪，实则"非梧桐不止，非练实不食……"

3

作家，有的是"早熟品种"，有的是"晚熟品种"，如果可以来选，当然，还是"成名要趁早啊，来得太晚的话，连快乐都不那么及时。"

沈从文二十来岁崭露头角，三四十岁上已经盛名远播，《边城》的横空出世，更是使他进入不朽的行列。可是就如同佛家说的"成住坏空"一样，大约这世上每个人都不得不去遵循这命运的轨迹。

从1946年郭沫若痛批“桃色作家”开始，沈从文进入生命的灰暗期。1949年第一届文代会召开，这么伟大的作家，连参会资格都没捞着，明打明地表示大陆地区已经没有了他的市场；同年，清华大学打出“打倒新月派、现代评论派、第三条路线的沈从文”标语，惊慌、害怕、羞辱、想不通之下，这个一辈子连鸡都不敢杀的温柔男人第一次自杀，未遂；接着大约在1952年前后，台湾地区也将他封杀，整个华语世界自此对他关上了大门。他再次自杀，又被救……

任何时候、任何情况下“自杀”都不是件体面的事，何况家里有这么一个动不动就寻死的男人——张兆和当然很不愉快！——换作我，也一样啊。“丈夫，丈也”，一家子靠着你顶天立地呢，这碰着芝麻绿豆大点事就寻死觅活的，让人说你什么好？再加上当时的社会形势是人人兴高采烈地迎接新中国开始新生活，你倒好！三天两头地“自绝于人民？！”一家子脸都被你丢尽了！

她一定是惊慌失措地哭过、苦口婆心地劝过、恨铁不成钢地怨过吧？她也一定是有过想要离开吧？

然而，离开，谈何容易。

郁达夫说：“人生是动不得的。”中年一动，恰如滚石下山，她不敢冒这样的险。聚散姻缘两不堪，散非容易聚非甘，她必须作出严苛的选择：1953年左右，他们形成了事实上的分居。张兆和与两个孩子积极地投入到各种社会生活中去，那“落后分子”

沈从文只是晚上回来吃个饭，饭后带上次日的早饭、午饭，到他自己住的小窝里去。他蜗居在那里，漫漫长夜，耿耿孤灯，他只好，写了撕，撕了又写。寂寞孤苦像浩瀚的大海，他是一叶随时要被吞噬的小舟……

几度自杀，最终，他还是让自己活下去了，支撑他的，与其说是来自张兆和的爱，不如说是一个知识分子历经死劫之后对生命的彻悟。

不甘！不甘！

心爱的小说不能写了，那就搞学术吧。他这个人单纯拘谨，容易受伤，没有在现实里腾挪闪躲的功夫，也没有在人群中长袖善舞的本事，然而，只要活着他就不能够让自己“埋没英雄芳草地，耗磨岁序夕阳天”！《唐宋铜镜》《龙凤艺术》《中国古代服饰研究》，样样都做得漂亮！沈从文，终究是人中龙凤！那只凤凰始终附在他的身上不曾离去……

可是，他动辄就会哭。1969年，67岁的老头儿要被下放，张兆和的二姐去看望他，屋里一片狼藉。他攥着一个信封说：“二姐，莫走，你看，这是三妹写给我的第一封信……”说完，像个孩子一样地哭了起来。80年代有记者去采访他，说到往事、提到快乐，他说快乐，也是需要学习的……这后半生他没有学好……说着眼泪扑簌簌地掉……

从1946年夫妻龃龉到1988年他过世，整整42年的时间，他们说是没有离婚，可是究竟过的是什么样的生活？只有夫妻俩最知道……沈从文病故，张兆和说：“从文同我相处，这一生，究竟是幸福还是不幸？得不到回答。我不理解他……不完全理解他……后来逐渐有了些理解，但是，真正懂得他的为人，懂得他一生承受的重压，是在整理编选他遗稿的现在。过去不知道的，现在知道了；过去不明白的，现在明白了……他不是完人，却是个稀有的善良的人。”

这番话好像有悔悟之意，但奇怪的是她2003年去世，并没有立即与丈夫合葬。多年之后，在湘西凤凰方面的多次请求之下，其子才做成了此事。挖开时，沈从文的骨灰早已经融入生养他的土地，张兆和来与不来，其实，早无所谓了……

他的墓碑上写着“照我思索，能理解我；照我思索，可认识人”。

这只自凤凰飞出的七彩凤凰，因其“不折不从，星斗其文；亦慈亦让，赤子其人”，早已经飞到了这广大的天地间，只要山在，水在，人在，他的魅力永在！

听说凤凰是可以浴火重生的灵鸟；听说爱情也可以在涅槃后复萌——如果可以重来，他会不会为了心爱的姑娘再次执笔写下流光溢彩的美文一篇篇，要知道他的文字不是单纯的文字，那是凤凰委羽……

爱的另一种方式

1. 念奴娇

莫斯科宫廷御医贝尔斯医生家近来频频被一个年轻人造访。他的到来，惹得家里几个人都不大安生：父亲嫌他不按长幼秩序行事；母亲却觉得这样也不错；大小姐感到面子上无光；二小姐成为焦点心情忐忑；最小的妹妹则睁着亮眼睛看新鲜……

来者是谁?

他就是后来享誉世界的大文豪列夫·托尔斯泰。

不过当时他的身份还只是伯爵加业余作家，虽已三十有四，但因好的家世，还是公认的钻石王老五。起初大家都以为他喜欢大小姐莉莎。一天晚上，当18岁的二小姐索菲娅临去休息时，托尔斯泰叫住她："我给您写几个字，您读一下。""好的。""可我只写开头的第一个字母，您要猜出是什么词。"索菲娅说："这怎么行，不可能猜着！那好，您写吧。"托尔斯泰取过打牌的记分板，用小刷子擦干净，拿一节粉笔使劲写起来。两人都十分激动，眼睛闪烁着明亮的光芒，他们都知道有什么重要的事情要发生了……

第一节文字，索菲娅拼读了出来："您的青春和对幸福的需求十分清楚地提醒我，我已经老了，不可能得到幸福。"索菲娅一愣，心跳加速了。托尔斯泰又继续往下写："在您的家里，对我和您姐姐莉莎有一种误解，您和您的妹妹要维护我。"索菲娅忽地站起身来，羞红了脸跑走了……

托尔斯泰望着她娇媚的背影，几乎要被爱情的火焰烧着了。当晚他在日记中写道："我爱上了，真不相信能够爱上，若是这样下去，我会自杀。她们举行晚会，她在一切方面都是迷人的……""明天起床后我就去说出一切，或者开枪自杀……夜里四点钟……我给她写了一封信，明天，即现在，14 号交给她。天啊，我真怕死。幸福，那样的幸福对我似乎是不可能的。上帝啊，保佑我吧！"

几天后，托尔斯泰逮着一个和索菲娅单独在一起的机会。他匆促地说："我想跟您谈件事，但我又难以开口。这有封信，我已经在口袋里揣好几天了。您看一下，我等您回话。"

这封大作家的求婚情书，被完整保留了下来："索菲娅·安德烈耶芙娜，我再也忍耐不住了。三周以来，我每天都对自己说：这回一定说。但每次都怀着懊悔、恐惧和幸福离开……您是一个诚实的人，把手放在心窝上，不要着急，看在上帝的面上不要着急，您说，我该怎么办？嘲笑什么，偏要受什么惩罚。假如一个月前有人对我说，可能要受折磨，像现在这样受折磨，受幸福的折磨，我会笑死。作为一个诚实的人，您说，您愿不愿意做我的妻子？”

索菲娅是在自己的房间读这封信的。女孩子第一次被“求婚”，哪里有个主张？她慌忙跑了出去，迎头碰见了姐姐莉莎，莉莎问：“什么事？”索菲娅没有用俄语，而用法语回答：“伯爵向我求婚了。”母亲刚巧过来听见，她用力抓住索菲娅的肩膀，把她转向门口：“快去答复他。”

托尔斯泰倚墙站着，脸色苍白。一眼见到索菲娅，他紧张地问：“怎么样？”少女回答：“当然。是！”

求婚成功，托尔斯泰欢喜得都不晓得该如何讨好自己的心上人了。为了表示诚意，这么聪明伶俐、也算阅历不浅的人，做了一个无比愚蠢的举动：他把自己的日记献了出来！

而他的日记绝对不是一个在温室里长大的好女孩所能承受得了的。

1828 年 9 月 9 日，列夫 · 托尔斯泰出生于距莫斯科不远的雅斯纳亚 – 波良纳的贵族名门之家，世袭伯爵。虽然 2 岁丧母，9 岁丧父，但在姑妈的照顾下也一直过着锦衣玉食的好日子。16 岁，托尔斯泰考入喀山大学东方语系。三年后，他中断学业，回家经营庄园。1851 年，托尔斯泰到他哥哥所在的军队当了一名下级军官，在高加索地区参加了沙俄与土耳其的克里米亚战争。1855 年，他参加了著名的塞瓦斯托波尔保卫战。此役中，托尔斯泰英勇善战，屡建战功，当上了上尉……就和那些个他后来的作品中出现的形象沃伦斯基伯爵、聂赫留朵夫公爵等一样，托尔斯泰在这些岁月里放浪形骸，纵情声色。直到他见到索菲娅，这女孩那纯洁的气质犹如窗外的月光，澄明清澈地洒在他的心上，令他陡然惊醒。

他要与过去一刀两断，他从此要来过真正美好的生活！这种念头是如此强烈，所以求婚成功后他只让索菲娅当了一个星期的未婚妻……

然而，在举行婚礼之前，两位新人都患上了婚前恐惧症。那本日记让新娘差点崩溃，好不容易挺过来，却成为一生的隐痛；而新郎呢干脆又在新的日记中说："对她的爱发生怀疑，我想她是在欺骗自己……在结婚这一天害怕，不信任，想跑。"

患得患失的新郎受难似的挨到9月23日，那是他们的大喜之日。天刚放亮，憔悴苍白的他突然跑了来，对着索菲娅没头没脑地说："这一切可以停止和挽回，还来得及！"索菲娅不明白："您怎么回事？"托尔斯泰痛苦地说："我不由得不想……我配不上您。您不可能愿意和我结婚。想一想吧，您也许错了……要是……就不如说出来的好……我会很痛苦，让人家愿意怎么说就去说吧，总比不幸好些……"索菲娅大吃一惊，犹疑地问："您是要反悔……您不愿意？"托尔斯泰肯定地说："是的，要是您不爱我的话。"索菲娅急眼了："您疯了吗？！"她抓住他追问："您在想些什么，把一切都告诉我！"托尔斯泰喃喃地说："我想您不会爱我的。您怎么会爱上我这样的人呢？"

婚礼一切都筹备好了，新郎跑来却说出这种话，这也太……

那个了吧！小女孩张皇失措："我的上帝，我怎么办才好呢？""哇"的一声，她只有哭了起来。

看到她的眼泪，托尔斯泰仿佛才回过些神来。他明白了自己是在"发昏章第十一"，然而他还是要求这个18岁的少女说出爱自己的理由。索菲娅只好说，爱他是因为完全理解他、因为知道他喜欢什么、因为他所喜欢的东西都是好的……听到这些，新郎终于平静下来，他似乎明白了索菲娅爱他，并乐意嫁给他的原因了，这才乐颠颠地、急匆匆地跑回去准备婚礼。

仓促之间，婚礼进行得并不顺利。

当新娘穿戴好后，新郎却迟迟未见。一个小时过去了，人迹全无；又一个小时过去了，连影子也没见一个。

焦急、难堪、担心、不快，种种心绪堆叠上新娘的心头，再联想到托尔斯泰方才的表现，一个可怕的念头闪了出来：他跑了！他把她丢在这里，自己偷偷地跑了！

这个将成为全世界笑柄的结局似乎已经写好，新娘的泪水也就要启程。突然，一个仆人跑来，要打开已捆好的箱子，为托尔斯泰找一件干净衬衣。原来该换的衬衣忘了取出，让仆人到街上买时，正碰上礼拜天，所有商店关门，这才又过来取衬衣。又等了好久，新郎终于到了教堂。1862年，他们俩在上帝面前结婚了，婚礼庄严肃穆。

不管时光过去了多久，这些情景总是历历在目。多年之后，托尔斯泰在他伟大的小说《安娜·卡列尼娜》里借着列文和吉蒂恋爱、成婚的情景，复述了自己的当时……写的时候，他一准儿会半是惆怅半是微笑地先是摇摇头，然后久久地凝视着那个年轻的自己，最后泪意盈眶吧？

2. 子夜歌

托尔斯泰和索菲娅婚后一度过上了非常幸福的生活。她曾十分自信地畅言：“我们俩的爱情是天下无比的幸福。”托尔斯泰也曾说过：“像我这样幸福的丈夫，生命力胜过一百万人。”他们俩一共生了十三个孩子。妻子不仅为他操持家务，治理产业，而且还为他誊抄手稿，仅《战争与和平》就抄过多遍。天哪！那厚厚的六卷本，看一遍都差点累吐血，她居然为他抄过多遍！啧啧，这就是爱呀……

然而，就因为看过了他那该死的日记，婚后十多天，18岁的新娘就悄悄地记下了这样的文字：“他的过去是那样令人可怕，这使我好像永远也不能不为之耿耿于怀”；“他吻我，而我却认为‘这不是他初恋的那种钟情’，因而就为自己的感情受到那样的委屈而十分痛心……”；“我可真是不能原谅上帝，他竟做了这样的安排：叫人先放荡，然后才成为体面人。我为我的丈夫沦为这种人而苦恼、痛心……”

女人没有不小心眼儿的，有着一定教育程度的女人更是洞幽烛微，有着能从一粒沙中看到世界、一朵花里品出天堂的能耐。是个女人就不可能不妒忌、猜疑、小性儿；索菲娅那样精明能干、富有激情、里里外外一把抓、控制欲极强的女人就更不可能让自己的丈夫在眼跟前再弄鬼儿！

接下来的岁月里，她可以忍住心头的种种不快，却不能够忍住脑子里的仓皇与好奇——在操持繁重的庄园事务的同时，在不间断生育十三个孩子的同时，在无休止地接待世界来客的同时，她要让自己确切知道——丈夫究竟在想什么？！

丈夫究竟在想什么？这个问题恐怕是所有的妻子都面临的一个一生一世的困惑。

男人来自火星，女人来自水星，男女之间本来就在个性、情趣、体质、心理等方面存在着巨大的分歧，你如何能指望你们两个时时刻刻心往一处想、劲往一处使？好的夫妻，必须要懂得求同存异，允许对方有独立的人格与空间。何况作家这种人，你可以不给他锦衣玉食，但是，如果你不给他个人空间，他死的心都会有哦！

那么聪慧能干的索菲娅在这件事上犯了大忌，她像母亲照顾儿子、像情人要求对方、更像警察一样秘密地监视着他！

雅斯纳亚－波良纳，俄语意思为“明媚的林中空地”，托尔斯泰曾经深情地写道：“如果没有雅斯纳亚－波良纳，俄罗斯就不可能给我这种感觉；如果没有雅斯纳亚－波良纳，我也许会对祖国有更清醒的认识，但却不可能如此热爱她。”可是，伟大的托尔斯泰，在自己的家里，竟然找不到一处安全的、可以存放个人日记本的空间！

从1876年托尔斯泰外出的一个日子开始，索菲娅让自己陷进了偷窥丈夫日记本的愚蠢行为里。1890年11月，她索性开始偷着干一件非常不愉快的事——抄录丈夫一生的日记。

她的本意是希望与托尔斯泰在精神上进行交流："我悄悄读他的日记，总希望能弄明白，能够知道我如何能把自己带进他的生活中，又如何能从他生活中得到能把我们两个重新联结起来的东西。"但实际的效果适得其反，"他的日记给予我心灵的是更多的绝望。"

一个人内心是需要有一个隐秘领地的，尤其是托尔斯泰这样有着巨大精神空间、充满思考和矛盾的人物。日记是他对自己的最后一块"自留地"，发现妻子抄录自己过去的日记，令托尔斯泰很不悦。他说你这是在揭我的伤疤。如果别人向你提起使你内心受折磨的事，例如不良行为等，你难道会高兴？但是有着丰富感受和思考能力的索菲娅，出于一种女性的报复心态居然一意孤行。她在日记中写道："你不高兴也没办法，谁叫你当时生活那么不体面的？！"

妻子的这种作为，使得托尔斯泰既无奈又痛苦。这样长久地被青年时期日记所折磨的结局，自然是他当初让未婚妻子阅读时未曾料到的。走过了荒唐的青年躁动期，这个时候的托尔斯泰早已经是一个久负盛名的、严肃的、具有深刻思想的伟大作家、思想家，同时他也是十三个孩子的父亲。他当然想在世人面前尽可能地保持一种良好的形象，但过去的那些日记，却会把他推倒在曾经的泥淖中，对此，他怎会不感到懊恼呢？

托尔斯泰理想中的婚姻家庭生活是《安娜·卡列尼娜》中列文与吉蒂式的：两人之间有真情，以对方的希望为念，如有冲突，立刻退让，两人一起营造出一种温柔、纯净的家庭气氛，和谐又平衡，让人打心眼儿里感到舒畅和幸福。而日记却成了他们夫妻间引发矛盾的导火线。一个不让看，一个偏要看。无奈之下，托尔斯泰开始记两个版本的日记，一本写给自己，另一本写给那个一定要偷窥的老婆。

可是这种小把戏哪里能瞒过“女克格勃”？ 1895年初的一天，她在自己的日记里写道：“现在他写日记既不坦率也不和善了。”再以后，托尔斯泰将自己的日记藏了起来。这使得索菲娅很不满“他把自己的日记本拼命东藏西藏。过去我总能猜到藏在哪儿，或者能翻到。现在根本找不到，怎么也想不出他会放到哪儿。”

夫妻之间，关系成了如此这般，真正叫人无奈。所以托尔斯泰留下一句名言：“女人这个东西不论你怎样研究她，她始终还是个完全新的题目。”

抄录日记的行为和引发的矛盾，一直持续到他们的晚年。1898年，托尔斯泰已经70岁了，索菲娅也已50多岁，可是，当索菲娅在莫斯科抄录丈夫日记时，仍是满腹怨忿：“正在抄写他的日记，这对我的心是痛苦的折磨。”而托尔斯泰因为感同身受，特别在一份遗嘱里，提到了对自己日记的处理，他说：“对于我从前单身生活时的日记，可从中选取一部分有价值的，其余的请销毁。同样，在我婚后生活时的日记中，我也请求销毁那些公布后可能使任何人不愉快的部分。我请求销毁部分婚前的日记，并不意味着我想对人们隐瞒自己不光彩的生活。我过去的生活是极为普通的、很糟糕的。用世俗的眼光看，那是年轻人尚无定见的生活。因此，这些仅仅记录了那些折磨着我的负罪意识的日记，可能会使人产生错误的、片面的感受和印象……”

这是一个有良知的知识分子的反省，这是聂赫留朵夫公爵式的追悔，这是对所有青春躁动者的点醒，这更是一个伟大作家的勇气，故世人对此都能以一种宽容而崇敬之情来接受，唯有他的配偶、那个与他生活了一辈子、离他最近的女人索菲娅，不能宽恕。

1910年11月10日，已经82岁的托尔斯泰在睡梦中被惊醒了。隔壁房间好像有脚步声？是的，偷偷摸摸的脚步！他不声不响地下了床，透过钥匙孔朝书房望去。索菲娅在搜他的写字台，搜他的书架，最后她在他藏起来的靴筒里终于又一次翻到了他的日记本！

托尔斯泰浑身冰凉。

因为是秘密记录的日记，里面的内容直言不讳，许多还是针对索菲娅的。索菲娅看到日记后大为恼怒，又一轮争吵不可避免地发生了。想到这一生在生活中、在心灵上，处处都被这个女人强烈的贪欲和好奇心包围着，她甚至不让他有单独接触上帝的隐私权，而自己实际上一直一直都在忍让着她……年迈的托尔斯泰当天晚上愤然离家出走。盛怒之下，帽子也没戴好、衣服也没穿暖，俄罗斯冬天的严寒迅速将他无情吞没。十天后，罹患急性肺炎的托尔斯泰在阿斯塔波沃火车站的站长室逝世，走完了自己辉煌而又孤独的一生。

临走前他给妻子写下最后一封信：“……你我之间的关系，我归纳如下：年轻时候我爱上你，然后虽因各种原因冷淡，对你的爱从未终止，今日依然。冷淡的原因主要在于我对世俗生活的兴趣逐渐淡薄，以至于完全排斥，而你完全不愿与之脱离。你的心中并不存在那份引导我思想的基本因素，我不为此谴责你……

“当年，我这曾经堕落的中年人与纯洁、善良、聪慧的你结合。将近五十年来，你辛勤持家、养育儿女。现在，你我的精神走上不同的方向，我无论如何不能归咎于你。那是造物主的秘密，谁能向他有所要求？我所加诸你的，我深感愧疚……目前的共同生活不可能继续下去，我将离去。亲爱的，请不要自苦，你已为此受尽折磨……”

终其一生，托尔斯泰的夫人不能理解托尔斯泰，正像余杰在《俄罗斯之魂》中所说的，面对共同生活了半个世纪的妻子，他几乎无能为力了……

3. 诉衷情

因为托尔斯泰的伟大光辉形象、因为他的临终离家出走，多少年来，世人对托尔斯泰夫人往往都是……看着照片上她威风凛凛、像一艘小型航母的尊容，真的，你很难想象她当年的俏模样，你会简单地认为就是这个沙俄老太婆害死了我们伟大的托尔斯泰！

且慢指责，想一想，让我们静静地想一想。

索菲娅为什么要执着地偷窥？很简单，多半是因为那个男人不和她敞开心来交流。

作家大都是些内倾性格的人。“在不与人交接的场合，我充满了生命的欢愉。”张爱玲十几岁时写下的句子，可作为这群人的概述。托尔斯泰那样世界级的大文豪，你就更加不要指望他能像本山大叔那样和你絮絮叨叨说说笑笑了吧。那，不多说话和人沟通也罢，你就静悄悄地在书房里写你的去也行啊，他还要用自己独特的眼光看待事物并且一意孤行地打算这么去干！

比方说，托尔斯泰从年轻时候起，就开始寻思着土地革命、解放农民；后来他越来越意识到地主阶级的不合理性，他老人家就准备把自家世代相传的土地和农民都来个“裸捐”，他自己穿布衣、吃粗粮、下地干活、亲自做靴子……如果，你是他的妻子，家里有着十三个孩子，上上下下一大堆指着这份田产吃饭的人……你能拍手欢迎吗？不！我不能！我不要做走在时代前面的先驱，我不想成为一无所有的劳动者，我不愿我的十三个孩子从好端端的贵族阶层沦为泥腿子，我没办法让我自己突然间自动成为一个穷光蛋……我爱这个家，我爱我的孩子，我爱赋予我优雅身份的贵族生活方式，难道说我就错了？

是的，托尔斯泰就认为和我一样脑袋想问题的索菲娅错了！他觉得她像个愚顽不化的老母鸡，目光如豆，就知道围着一窝鸡咕咕咕地叫！——他们生活的那个时代，其实旧俄国的一切都在土崩瓦解之中，正如汉乐府上说“来日大难，口燥唇干”，如果夫妻家人能够心往一处想劲往一处使，至少可以营造出“今日相乐，皆当喜欢”的美好时光啊，可惜，都在蹉跎岁月中蹉跎过去了……

不是索菲娅不想，而是她一个女流之辈真的达不到这个伟大的大男人的那个境界；就算她的思想能跌跌撞撞地追随着到了那个地步，情感上她也不愿意。—— 一个当娘的，怎么下得了手？

而那个男人，可能就因此感到了更多的忧伤，甚至是愤慨。她拦着他！她什么事都拦着他！她曾经以服毒的方式阻挠他做自己想做的一切！美丽的雅斯纳亚－波良纳，内里充满了这对男女的吵闹争斗。那十三个孩子，睁着一双双困惑的眼睛，不能够明白到底父亲母亲之间出了什么事？

争斗过后，自然就是冷落。

托尔斯泰比索菲娅大了整整 16 岁，差不多是隔代人。当他走向思想越来越成熟的老年时，她还正当年。不要说他们生了十三个孩子就能够证明他们一直在相爱——不，为男人生孩子和被男人所爱，那完全是两码事。特别是当女人感觉到自己仅仅是个生孩子的机器时，那种爱，不要也罢！

1890 年 12 月 14 日，索菲娅在日记中又这样写：“今天抄他的日记抄到这么一段话：‘并没有什么爱情，只有生理上交媾的要求和精神上对生活伴侣的要求。’”……刺目，刺心，暮色苍茫中抬起泪眼，竟然，已经过了一生……

可是啊，再精明强干的女子，面对自己的爱人，永远有着爱的本能。她希望他还像求婚时那样爱她，这是女人一生的痴想。天真得可耻，又天真得可爱可叹。

所以她一辈子不离不弃地守着他、孜孜不倦地想要了解他、跟上他！——所谓的偷窥，其实是索菲娅一直爱他的另一种方式。

她一生想要弄清楚的无非只是两件事：我亲爱的丈夫呀，你究竟在想什么？你到底还爱不爱我？

不是托尔斯泰存心怄气不对她说，乃是因为爱情本来就是一种缄默、羞涩、笨拙又神秘古怪的东西，在漫长的婚姻厮守中早已经逃之夭夭……

其实，在这广大的人世间，对自己配偶感到无能为力的，难道仅仅是托尔斯泰和索菲娅两个吗？

幸福的家庭都是相似的，不幸的家庭各有各的不幸。

河狸一直在等待

据说，西蒙·波娃在19岁时就已经说过一句大大著名的话了："我决不让我的生命屈从于他人的意志！"

后来，经历了那么多事情后，回想起说这话时那种决绝的表情，她一定会笑起来，笑得满脸菊花，笑得眼泪都要下来，她不由自主地喟叹：太年轻了！太年轻了！年轻的时候，真的是好傻好天真啊！

"决不让我的生命屈从于他人的意志"？天老爷，不说别的，就拿今天中午是吃米饭还是吃面条，恐怕你都得屈从于厨房里掌勺的那个人！

西蒙·波娃一生看似风流快活，她还不是屈从着萨特的意志，做了他一辈子的情人？

假如说，萨特不是一个"喜欢诱惑女人，就像热爱写作一样"的花心大萝卜，而是像老舍、钱钟书那样本分守旧的男人，西蒙·波娃难道会因为他要正正经经地娶她为妻而拒绝？《礼记》

上说，男女之间应当“敬慎重正而后亲之”，这难道不是全人类社会共同认可的公约？

他是她的第一个男人，她可不是他的第一个女人。有句经典的话“男人都希望自己是女人的第一个男人；女人都希望自己是男人的最后一个女人”。1929 年，西蒙·波娃以 21 岁的身体、中产阶级出身、法国第九个获得哲学教师资格的聪明才智在野外委身于萨特之后，她哪里会想到，这个男人不过是玩玩她？她后来才知道，他是不可能结婚的，因为人家讨厌任何形式的束缚嘛……所以，不要说是她西蒙·波娃，便是公主殿下来俯就，恐怕人家也要宣称：“生命诚可贵，爱情价更高，若为自由故，二者皆可抛！”

不过两年而已，萨特已经玩腻了她。1931 年，西蒙到马赛教书，萨特则到勒哈佛尔任教。文人的燃点本来就低，更何况他是个一天都不能闲着的男人。他飞快地爱上了一个名叫奥尔嘉的女子。

那一天来临的时候，再尊贵、再美貌、再富有才学的女人其实也和被卖猪肉的王老二甩了的老婆一样了，她们共同的名字是“弃妇”。

被抛弃的女人，要说不想哭、不想闹、不想去上吊，骗鬼去吧！当时，那种委屈、不甘、愤怒、羞辱……拿什么来形容呢？人世间，没有任何词语可以替她表达心声：

“无言独上西楼，月如钩，寂寞梧桐深院锁清秋……”

“我决不让我的生命屈从于他人的意志！”这话，此刻在耳边响起来，是多么刺耳，简直是充满了嘲讽！

可是，谁能保得住自己一辈子不被骗、不被愚弄、不被欺负呢？

当一个女人被生活硬生生地掴了耳光的时候，个性与素养就在此际开始有机会展露了：是连哭带闹喝农药杀他个奸夫淫妇？是偃旗息鼓败走麦城？是委曲求全图个名分？是装作若无其事招那浪子回头？是效法《聊斋》中恒娘之计，反惹得那男人“如调新妇”？

唉！无论怎样，那颗原本亮晶晶、光灿灿的水晶心是再也不能够完好如初了！

一句话可以让人成长，一件事也可以让人死掉。被救过来的，已经不是她了！

23岁的西蒙·波娃有过以泪洗面的夜晚吗？有过痛不欲生的挣扎吗？有过狠狠地打他两巴掌吗？

没说，她什么都没说。

这个三角关系留给西蒙足够的题材来完成她的处女作《不速之客》，同时她让自己变作一只河狸，一只游走在男人海洋里的光滑优美的河狸。

小美人鱼为了得到男人的爱情先是献出了舌头，再是献出了双脚，最后献出了生命。一生没有娶老婆的安徒生或许不是成心要这样来写，可是这个形象成为男人对女人下意识里的谵妄：一见倾心爱上我、不言不语忠于我、吃苦受累取悦我，最后当我需要换女人的时候，不迟不早离开我……

嘿嘿，想得挺美哦！西蒙·波娃可不要做小美人鱼，她是一只具有改造自己栖息环境能力的河狸。此地不留爷，自有留爷处！喜欢我西蒙·波娃的男人海了去了！只要我愿意，“梦里不知身是客，一晌贪欢”。

其实她不是第一只这样游走的河狸。纵观法国历史，无论是加洛林王朝也好、路易时代也好；还是拿破仑、波旁王朝也好，以“香艳”著称的女子岂止是一个两个！法国人生性浪漫，没有艳遇的人生简直是“孤舟蓑笠翁，独钓寒江雪”，可悲可叹！哦，其实公平说也不仅仅是法国人，地球人对这个事的认识都差不多。唯一与世人有大区别的是萨特对这个事的态度。

地球上的男人，即使是自己先出了轨和一百个女人有染，也不能够容忍自己的老婆给别的男人丢一个眼风。萨特倒异乎寻常，他固然是因为天生长了对斜眼儿，所以不能够一辈子不偏不倚走正道；但他也大门洞开允许西蒙·波娃一次次地跑进跑出。

是因为她不是他的妻吧？虽然萨特说过：“我认为她很美，我一直认为她美貌迷人，波娃身上不可思议的是，她既有男人的智力，又有女人的敏感。”他承认自己爱她，但是，因为她不是他的妻，那种爱，与他对陶乐丝、奥尔嘉、阿莱特等女人究竟有多大区别呢?

还是有区别的：她们对于他来说是肉的媚惑；而西蒙·波娃能够给予他灵魂的碰撞。

一个打小就在花丛中泡大的浪子，过了青春的癫狂期之后，从体力上说，他在衰退；从心智上讲，他已经看开：男女之间不就那么点破事儿嘛，把那破事儿抛开，人生最需要的是一种心灵上的共鸣。而能够拨响你心弦的，茫茫人海，走遍万水千山也不见得能找着一个。

西蒙·波娃恰恰就是那个善于拨弦的女子。

她有品位、有思想、有名望，她甚至不需要他来出钱养着。

1943年，她的《女宾客》一书一经面世，就受到读者的喜爱，当年被提名为法国龚古尔文学奖；1949年，被后人奉为女权运动的“圣经”《第二性》出版；1954年，《达官贵人》获龚古尔奖……这些成就的背后，其实是一份不让须眉的自立自爱、大气豪爽。

“大气”这个词，不是放在男人身上才称其为魅力，胳膊上跑马拳头上立人，那是孙二娘式的简单粗糙。大气是清澈的眼眸，开阔的格局，是对世俗琐屑的遗忘与忽略，是相逢意气为君饮的痛快淋漓；大气还可以是一往情深，拼将一生休，尽君一日欢。只有拿得起放得下的女子，才会有如此灼热的情爱。那是真正有力量的灵魂，能够做到逆来顺受，如随势而动的水，安然地面对任何的飞升与跌落。

这样的女子，怎能不让人打心底里爱慕？

何况，西蒙·波娃对萨特从始至终简直是招之即来挥之即去。当萨特身边有其他女人的时候，她款款离开他的视线，不哭，不闹，不怨，静静地去过自己丰富多彩的生活；当萨特和其他女人调够了情，需要与她在精神上共鸣了，此时此刻，无论她在哪里，无论她躺在哪个男人的怀抱中——1947年她和美国小说家纳尔逊·阿尔格伦爱得神魂颠倒，他说他要娶她为妻——只要萨特一召唤，这世上再好的男人都变得无足轻重，隔着红尘三千丈，她的灵魂、她的脚步踉跄着，朝萨特飞奔……

她一直在用心爱着他啊！面对男人的强势，女人卑微地用密密匝匝的情意，连缀起一生光阴。所有意乱情迷的暗涌，那些执迷不悟的坚持、那些行行重行行的彷徨，深究到底，意识深处可能最大的一个原因就是他是她的初心！

女人啊！她美丽、纯洁、多情、脆弱，纵然才气纵横，仍然一无所有。她都是获得龚古尔奖的著名作家了，可是法国人一提到她，人们最惯常说的是："那是萨特的情人！"

"我决不让我的生命屈从于他人的意志！"嘿，嘿嘿……

晚年，西蒙·波娃将萨特给她的情书刊行于世，书名《致河狸的书信》，"河狸"的回信却一封也没编进去。为什么？我猜，是因为即使到了垂垂老去，内心深处她一直对一件事耿耿于怀。现在她要让全世界的人都知道，萨特是多么多么爱她，多么多么离不开她！至于她自己是如何对萨特？出于女性的自尊心，对不起，无可奉告……

河狸是一种异常勤劳的动物，干起活来从不知疲倦。因此在英国和美国，人们都喜欢用"河狸"一词来称赞那些坚持不懈、不辞辛苦的人们。

西蒙·波娃这只优美的河狸，苦干了一辈子都没有让萨特给她一个应有的名分。死了，她到底让萨特屈从了她的意志：谁让你先死的？不管你这老东西愿不愿意，反正我是和你最终睡到一座坟墓里啦！五十一年来，我终于可以确切知道你晚上在哪儿过了！

玫瑰文身

作家的爱情是什么样的？——如果是“婚后，他们过着幸福的生活，生了一大堆可爱的孩子，最后，两人颐养天年到老，有孝子贤孙送终。”——如果是这样，那还有什么说头呢？

且来看看他——俄国伟大作家屠格涅夫，是以擅长描写爱情著称的。他那一部部闻名于世的杰作，很多都有十分细致、真切、动人的爱情描写。或缠绵悱恻，或愁肠百结，或魂牵梦萦，或铭心刻骨，堪称人类爱情生活的“百科全书”。但是，让人难以置信的是，这位描写爱情的大师，竟是一个终身未婚的人！

当然了，过去、现在、未来的男人，未婚，不等于没有女人。

1818年，屠格涅夫出生在一个世袭贵族之家。优越的生活环境，完整的上流社会的教养，使他顺风顺水地成长为一个身材魁梧、相貌出众的美男子。女人们在他面前花一般地盛开了，转眼又斗转星移地过去了……唯有一个，叫作波丽娜·维亚多的女人住在他的灵魂里不离不弃，伴了他一生一世。

他们相逢于1843年秋天，法国巴黎的意大利歌剧院剧团到彼得堡演出。彼得堡，这个冰天雪地的古老都城，上演了多少场让人恻然、惘然而又神往的风花雪月事？它一直是旧俄国大地上最适合“采花贼”生活的地方。那年仅22岁的著名女歌唱家、意大利歌剧院的经理、法国文学家翻译家路易·维亚多的妻子波丽娜·维亚多来到了这里。如何来说她呢？说她兰心蕙质？说她冰雪聪明？说她的声音宛如夜莺的娇啼？她金枝玉叶般生活在自己繁华的孔雀城堡里，那清丽的身影，独特的面容，预示着她生来就是“小女贼”，专擅“偷心”。25岁的屠格涅夫对她一见倾心，大为倾倒。他给她写信说：“上帝啊，我愿是地毯，永远铺在你的脚下。”然而当时在彼得堡，波丽娜的崇拜者少说也有一打呢，屠格涅夫并不是最让人看好的一个。可是，爱情来了。就是这么说不清、道不明，她，偏偏看中了他。

她第一次吻他时，他便想到了拉丁语Nepenthes sp（猪笼草），那种生长在热带森林的食虫植物。——倒挂在梢上，深不可测而红唇开启，日夜散发着奇异的香，让虫或蝶，无法自控，身不由己地陷入柔滑的软囊。而袋底的蜜液，是最彻底的诱惑，直至被完全吞噬，都如同是羽化登仙。《奥德赛》上说，埃及女王曾经给了美女海伦一瓶名为“Nepenthes pharmakon”的药水。而“Nepenthe”的意思就是“没有悲伤”。

现在，屠格涅夫服下了波丽娜的这个药，他果然没有了任何悲伤……

可惜好景不长，1845年，意大利歌剧团结束了在彼得堡和莫斯科的巡回演出离开了俄国。

屠格涅夫失魂落魄，茶饭不思。煎熬了数日，他居然不顾一切地辞去了内务府办公厅十品文官的职务，出国去追寻波丽娜·维亚多。——小公务员可以因为上司的一个喷嚏而死；对于他那样衣食无忧的人来说，没有了爱情才会要了人的命！从遥远的俄国追到距巴黎东南60公里的库尔塔弗内尔的维亚多庄园里，他们重逢了！

桃花一定得让自己开在融融春风里，甘泉被掬到一双素白的手里才不会寂寞，如若生成了白底洒上鹧鸪斑一样的鸟，那必须可以一起飞……

在这段岁月里，屠格涅夫白天写作，晚上就去拜访波丽娜一家。她外出时，屠格涅夫经常一天写好几封长信向她表达感情和谈论各种事情。诚挚热烈的爱情促进了他的写作热情，一部部动人心弦的小说相继问世，屠格涅夫在文学上名声大噪，而波丽娜是他诸多作品的第一个读者和评论者。

他们两个不可能只是精神恋爱吧？——肯定不是。在这个欲望的人世间，谁也不要蒙谁：我们都是赤裸裸的肉身，缠绵、缱绻，沉溺到最后，是在相互的裹挟中飘然欲死去。春波碧草，晓寒深处，相对浴红衣。谁敢说，我不爱？

情爱是什么？应是百蝶穿花，云动影来，千般颜色百般好。而他们生活的那个时代、那种环境，就能够给他们提供画屏上永不褪色的春天。那样的春天是“金炉香烬漏声残，剪剪清风阵阵寒。春色恼人眠不得，月移花影上栏杆”；那样的日子是“东风袅袅泛崇光，香雾空蒙月转廊。只恐夜深花睡去，故烧高烛照红妆”。——那是古今中外，有情人梦寐以求的乐土。乐土乐土，安得我属？

1864 年，波丽娜结束了在巴黎的演出，全家迁居德国的巴登——是因为闲言碎语？是那做丈夫的忍无可忍？总之人家搬走了。满以为“念去去，千里烟波，暮霭沉沉楚天阔”，不想屠格涅夫又长途跋涉跟着去了！波丽娜是有丈夫的人哪，究竟出于什么样的原因，那个男人不但没有杀了屠格涅夫，而且允许他紧挨着他家的别墅，给自己也盖了处宅子？在这里，他一直住到 1870 年——他们两个共有一个女人？还是他们夫妻早已名存实亡？这种局面怎样才能相安无事地维持下去？

屠格涅夫每年都要回故国一次，但每逢 7 月 18 日、波丽娜生日这一天，纵使山长水远，他也必定要赶回巴登去，和她共度生日。——这一天如此重要，发生过什么？是他们初次相识的日子？是她轻解罗裳独上兰舟的日子？还是他们夜半私语对天盟誓的日子？

普法战争结束后，波丽娜一家又返回了巴黎，这一次屠格涅夫居然和他们一起在距巴黎 14 公里的小镇布日瓦尔合买了一幢乡村别墅，取名叫“棕树别墅”，直到 1883 年，他躺在这里的一张床上告别了人世，恋恋不舍地结束了他和波丽娜 40 年的奇特恋情。

算一算，这个时候的波丽娜已经是五六十岁的人了。再保养得好，也一准儿不是花容月貌了吧？她，有什么魅力，能够让一个名震江湖的大腕儿为了她终身不娶、爱到生命的最后一刻?

爱情一定有多种面貌，身体不是一切。爱情也一定有许多别人不能破译的密码，只能由当事的男女来解读。由那神秘的基因驱使着，我们必然会遇见生命中注定要遇见的人，起初甚至不需要相拥，只觉一股味道袭来——那是灵魂深处、身体深处至为迷恋也至为需要的味道，凭此，我们在今生才能相遇，而相遇从来就不是一件偶然的事、容易的事。

大多数的人，穷极一生，也遇不到。或者遇到，也不能够拥有。

屠格涅夫是勇敢的人。准确知道自己要什么的人。脱俗的人。

波丽娜是美丽的人。有魅惑本领的聪明的人。脱俗的人。

她丈夫却是奇怪的人。难以理解的人。同时也不得不承认他是脱俗的人。

这三个人搅和在一起度过了一生。让别人的唾沫去淹死那些意志薄弱的人吧！让世俗的种种都见鬼去吧！让后人猜谜猜得筋疲力尽去吧！我们只管来过我们的生活——这，让我们自己觉得很好很好的生活。

死亡到来之际，如果可以握着你的手，说一声，“亲爱的，真好！我们没有错过……”所有的伤口痊愈，化为宿命的莲花，最不堪的往事，也会成为最瑰丽的玫瑰文身。

他们说，相爱的人生生世世还会相逢。一定是这样的。有玫瑰文身，我们，不会错认。

爱，是不死的欲望

法国人说一生的恋情，开篇的初恋与死前的末恋，最是刻骨铭心。

杜拉斯的初恋，不管她自己承不承认，或者承认多少，人们已经认定了是电影《情人》中梁家辉饰演的那个中国人。在湄公河的渡船上，在烟雾蒙蒙、炎热无比的光线之下，那个中国富商的儿子，对这个戴着男式礼帽的白人少女渐渐靠近……

一开始，因为种族的差异，他的手都在打战。后来当他发现这个女孩如此轻浮，而其家人不过是把自己当成一部提款机时，他做了再自卑的男人都会惯熟的事：“他们一次次地激情相拥，除了做爱，还是做爱，什么都不多想。屋外此起彼伏的吆喝声伴随着他们的呻吟；来来往往的人的影子，透过木格子的门和窗投进来……”而那个当年叫作玛格丽特的杜拉斯说：“15 岁的我就知道享乐，虽然我不知享乐为何物，却已习惯了男人对我投来的那种贪婪的目光。”

女孩子早晚都会有需要男人贪婪目光的时候，而杜拉斯未免太早了些。15 岁，无论是白人黑人还是黄种人都还是个孩子，穷人的孩子再知道自己家里的艰难、再想替母亲分忧，一般说来也不大会想到靠出卖自己身体来赚钱的这条路。——当然了，我说的是在我们这个国度，也许法国人天生就晓得？

女孩子的第一次，仅仅是因为他"看上去"是个有钱人，有辆汽车，其他方面一无所知——不，她清楚地知道他是个中国人。而在她们的世界里，即使破落到没有裤子穿，法国白人也还是上等人里的上等人，中国人之低档没法去形容。找一个中国人做情人，那简直犹如去拥抱一头猪。可是，就因为爱上了他的钱，她就那么轻快地把自己给卖了。

他呢？也不是什么好鸟，假如说，那天在渡船上，他看到的不是一个白人少女，而是一个黄皮肤，或是黑皮肤的少女，即便也穿上杜拉斯的那身不伦不类的行头，你认为他上前搭讪的概率有多大呢？

他不过是一个孱弱的、"学诗不成，学剑亦不成"的少爷，除了会花钱其他样样都不在行。他在法国混日子，正经白人姑娘当然看不上他；不正经的诸如妓女之流，在男人的心目中，一百个对他眉目传情也不顶好女孩的一个回眸。所以，当他看见杜拉斯小美眉独自一人在渡船上时，他壮着胆子慢慢蹭过去，只求别听到"滚开"那个白人对有色人种惯常说的那个词——他果然没听到，小美眉没说，不是出于对他这个人的礼貌，而是人家就是喜欢他身后的那辆车嘛……

乌黑贼亮的汽车从出娘胎起到现在到未来，听说都是身份地位的象征，杜拉斯小美眉刹那间就意识到只要抓住眼前这个人，即使他是一头猪，只要让她立马不必再和当地人一起“轧公交”，那就一切都好说！

杜拉斯的第一次，说穿了是为了钱。

什么两个人滚在一起的吻啦、泪水啦、透过身体的注视啦、最后的生离死别啦什么什么的，都是……我不能说人家这都是狗屁，那样说不对。我是说，假如白人杜拉斯小姐把自己的女儿身稀里糊涂地献给了那个男人之后，猛然发现那辆车是借来的、那个男人自己都是个吃了上顿没下顿的，她还会多爱他一秒钟吗？她会不会即刻告他强奸？——在法属殖民地，一个土著，莫说是“强奸”一个白人，多看上人家小姐一眼，他都可能会吃顿鞭子哦！——以杜拉斯小姐和其娘家人的性情来看，肯定会让这只吃了天鹅肉的癞蛤蟆死得很难看。

还好啦，她运气不错，碰上的是一个既用身体又用钱更用心来爱她的中国情人。他们清楚地知道，他们两个人没有共同的未来——天下的情人，有几对有未来呢？大家都是活在当下。也正因为注定要有不得善终的时刻，所以情人的拥吻才在那一刻值得回味。若果真杜拉斯嫁给了他，既不能见容于自己的白人阶层，更无法融入中国人的社会，她将活得两头受瘪；那男人呢，固然可以为娶了个白人老婆在外人面前炫耀一阵子，可是回到家，当身体上的激情退去，他将面临一片海。那是由文化、教养、彼此的趣味以及根深蒂固的种族观念形成的人造海……

杜拉斯走了。走得好！又一个“人挪活、树挪死”的例子。

她若不走，留在越南嘉定，以她那个破落户的家庭，能给声名狼藉的她一个什么样的前程？她用那男人的老爹给自己的最后一笔巨款，把全家送回法国，让自己成为法国文坛上的一支巨烛。三毛在《娃娃新娘》里看到10岁的娃娃新娘结婚时夫家给了她娘家20万西币，“心中又不知怎的有些羡慕她，我结婚时一只羊也没有为父母赚进来过”。嘿嘿，酸溜溜的岂止是可爱的三毛？

人财两得的初恋，虽然最终分了手，我们还是得说杜拉斯赚了！多少女孩血本无归啊，这白人就是贵！大少爷若是混个本地土著，他老子不给那女孩一顿胖揍都已经是恩宽啦！

杜拉斯回到法国，于1939年嫁给了她的“绝对的支持者”昂泰尔姆。可是，婚后不久，热腾腾的“粉丝”很快凉了下来，他甚至大骂她是“疯子”。作家本来就异乎常人，而在作家之中，杜拉斯又是一个任性、怪异到了不可理喻地步的女人。

女人就算是不写书都会有天生的自恋情结；万一发表了几行字，那将会把“爱自己”的感觉放大到无限。她毫不留恋地离了婚，若无其事地说：“男人都是老小孩，只关心自己，把妻子的写作当成情敌，不能容忍。过去，怕刺激他，书一出版，我就把手稿付之一炬，以示礼貌，以示歉意。好，你现在走了，我倒省事了。”

在那些岁月里，杜拉斯写小说、写剧本、写电影脚本、导演电影；获龚古尔文学奖、获易卜生奖、获法兰西学院大奖——“那形势，不是一般地好！那是相当地好！”

可是，一个女人，尤其是一个在15岁上就已经深谙人事的女人，如果没有一个爱她、崇拜她的男人——是的，杜拉斯不是那种让自己低到尘埃里、崇拜着男人才能感觉到快乐的女人，相反，她需要男人垂涎的、崇拜的目光。这个调子从她的初恋开始就已经定好了。她固然是个作家，但更是个情种。没有了男人，我活着干吗？——她把自己浸泡在酒精里，日日倚西风，人比黄花瘦。她的一生，仿佛是为情人而活着，为一个接一个的情人而延续——爱情才是她最本质的创造力和生命力。她那种无条件的、超越一切的爱情观是这么狂热、这么自我、这么无所顾忌，即使在男作家里——除了歌德，也很少有谁能与她比拟。

可为什么，那些爱都像流水上的倒影呢。真让人愁闷！来吧，喝吧。何以解忧？唯有杜康！

上帝睡了一觉醒来，看她还在那儿喝喝喝，实在看不下去了，就“乔太守乱点鸳鸯谱”，把27岁的哲学系毕业生雅恩派给了66岁的她。

他比她儿子都年轻，可谓风华正茂。而她，杜拉斯小姐这时候是个啥模样呢？一言以蔽之：法新社说她“像只猫头鹰”！腿细、头大、没脖子，戴着一副厚框大眼镜，身高只有1.5米。永远穿着直筒裙，外罩大背心，冬天套一件大卷领的毛衣，从来不提手袋——她这个女人，从小就不会打扮，却不自知，还美其名曰这叫“MD风格”（M：玛格丽特；D：杜拉斯）。年轻的时候，她虽然不是国色天香，但是巴尔扎克曾经俏皮地说过“我们知道，每一个老太婆当年都是美人”，到了这会儿，唉，好汉不提当年勇……

可是，当丘比特的箭射来，容貌算什么？年龄算什么？岁月曾经的阻隔算什么？只有男女之间的感觉才是这二人世界里最重要的标尺。杜拉斯说："爱之于我，不是肌肤之亲，不是一蔬一饭，它是一种不死的欲望，是疲惫生活中的英雄梦想。"

在未曾正式见面前，雅恩已经给她写了大量的书信。有时一天一封，有时一天数封。杜拉斯遵照自立的规矩，从不回复。但她在不知不觉中爱上了这些如此美丽的信。美好的信，让她慰藉、让她感动，满足又安详。谁说老女人就没有了感情呢？那是因为没有遇到点亮她的烛！1980年1月，杜拉斯坐不住了，她破例回信对雅恩说："我活不下去了。我喝酒太多，为此进了医院，接受治疗。我不知道我怎么到了今天这个地步。"——你不知道？我知道！雅恩来了。

他来到杜拉斯门口，轻轻敲了三下，然后低声细气地自报家门："是我，雅恩。"她躲在门后，不动，不开门，不作声。在这一刹那，想了些什么？可能连她自己也说不清。紧接着，又是轻轻三下，接着是更温柔的呼唤："是我，雅恩。"

她打开了门——她生命中最后一扇向男人开启的门。

一番叙谈，两人不知日已尽，唯有相逢带来的那种心灵上的震撼。后来她说："这样的爱，如隐秘的山谷里，开满漫漫的玫瑰花。那样红的，香艳的，开在无人会去的山野，阳光烁烁地照耀……没有表白，没有誓言，没有约定，没有试探——他们彼此都确定地爱着对方，一见倾心的……"

所以她开口对他说，你就留下吧，我儿子的房间里有现成的床。

雅恩于是留下，与杜拉斯相依为命了。

你以为两人从此过着如鱼得水、举案齐眉的“幸福的生活”？完全不是，或者，不完全是。

雅恩是一个落魄的同性恋者。“你对女人从未有过欲望？”她问他。“从未有过。”“一次也没有？”她饶有兴趣地追问。“没有。”她耸耸肩不死心地刨根问底：“压根儿没有？”“压根儿没有。”“噢，你是得了‘死症’啦！”她用法兰西美妇人式的居高临下又不无戏谑的口吻轻飘飘地说了只有情人之间才能意会的重话，雅恩被戳痛了，脱口骂道：“你这个诺曼底海边的婊子！”杜拉斯不但不生气，反而哈哈大笑。后来，她竟然以此为题，写了个短篇。

吵闹之后，雅恩出走，一次又一次。每次，杜拉斯便自言自语：“雅恩上哪儿去了？”其实，他并没走远，有时就在附近旅馆的大厅里过夜。因为他穿着体面，人家也不撵他。第二天醒来，雨过天晴，倦鸟知返。

他能到哪里去呢？杜拉斯养着他，供他吃供他喝，她的钱多得足够两个人除了写作之外什么都不用干。对于雅恩来说，生存的意义在于写作，他自己写，不过是码字儿，陪伴着杜拉斯看着她写，才是他年轻生命此刻最大的意义。而对于杜拉斯来说，她终于找到了一个不把写作当作情敌的伴侣，他的存在才如沙漠清泉般可人。

可是，她管不住自己。酗酒，任性，说伤人的话，她的字典里就没有“与人和平共处”这六个字。忧郁，冷漠，不宽容，自负……作家所有的毛病她都有。最可笑可叹的是当她这么发作的时候，她根本没有意识到自己已经是66岁的老太太！

她是一个具有永远的少女气质的小女人。也许，在她的潜意识里，她从来就没有长大，依然是湄南河上那个被中国情人捧在手上怕摔了、含在口里怕化了的小女孩……

而在她年轻情人的眼里，杜拉斯也一直保持着少女般的状态。他在《我的情人杜拉斯》里写道：“凌晨三点，她把我弄醒……我从来没见过她休息。她半夜三更对我说：咱们去奥利机场看飞机吧！她好像只有18岁。”他以拥有过杜拉斯这个伟大的情人而骄傲。他又为自己是杜拉斯的最后一个情人而庆幸……

一个男人得多厚道，才能无视她身上的层层鸡皮、那枯草般的乱发、那嘴里吐出的衰残气息……如果你不认为这是因为爱，那是由于子非鱼，不知鱼之哀乐。

然而，男女之间，相爱容易，相处难。1981年6月15日，又一通大闹之后，忍无可忍的雅恩再次出走。一天过去，没回来，两天过去还没回来，N多天都不见人，杜拉斯以为他永不回头了，哭泣着彻底收拾了房间，沉痛地写道：“当我不再怀有爱情的时候，我确实不再爱什么了，除了还爱你之外。”——爱情之于她仿佛是其生活中不可须臾脱离的空气，是其绵延不绝的呼吸。

上帝让雅恩听到，他终于回来了。看着杜拉斯写下的文字，他潸然泪下：“有一种思念，即便使尽全身的力气，即便站立在最忠诚的回音壁前，却依然无法呼喊出一个人的名字……有一种爱，无法给予，也无法回避，唯有忍耐它，等待它度过，如同一个人在荒野上听凭狂风骤雨……”

他陪伴杜拉斯度过生命中的最后20年。

他们的学识与经历决定了他们炽热的感情与理性的分析并行不悖。他们常常以深沉的眼光相互注视着，有时候又互相指责对方残酷无情。对于雅恩这个“情人”来说，真可谓“道是无情却有情”啊。

1988年至1989年间，杜拉斯病入膏肓，几乎撒手人寰。雅恩守护着她，暗自哭泣。病榻上的杜拉斯非常清醒，清醒得令人害怕。她对雅恩说:“你把话说出来，你想叫我死。其实我也该死。我活着，谁也受不了，连我自己都觉得受够了。你是想看到我死后再死，我的最终消失才能给予你自杀的力量。”可是后来她又缓过来了。用她自己的话说，“死了9个月”。复活了，是个奇迹，更大的奇迹是复活之后她又投入了写作，直到生命的最后时刻。

1996年3月3日，82岁的杜拉斯走完了这丰沛的一生。她的棺木停在圣日耳曼教堂中，雅恩成为这个世界上最有资格对杜拉斯念出这段名言的人:“我认识你，永远记得你。那时候，你还很年轻，人人都说你美，现在，我是特为来告诉你，对我来说，我觉得现在你比年轻的时候更美，那时你是年轻女人，与你那时的面貌相比，我更爱你现在备受摧残的面容。”

她死了，他仍然爱着她。

她成功了。她把《情人》中绝望无助的性爱，无言悲怆的离别，爱到尽头的孤独感，让雅恩与自己用生命诠释到淋漓尽致。也许她守候一生等待的就是这极尽凄美的一刻：压抑的开始，无奈的结束。因为爱了自己，他们一生都要在心底里为她守灵。

春空千鹤若幻梦

上辈子他一定是犯了大罪了，所以天神重重地惩罚了他：没有善始，不得善终！

期间所有的爱恨痴狂、荣耀悲伤无非都是让他一一历劫。

可他当时哪里能够知道呢？尤其当他还是一个孩子的时候。1899 年 6 月 14 日在日本京都川端医生家里，一个叫作川端康成的男孩出生了。这个只在娘胎里待了不足七个月的娃娃，急不可耐地来到了人世间。——早知道生下来就意味着孤苦伶仃，当初干吗要那么急着出来？在母亲温暖的身体里多待上一刻，不好吗？

唉，哪里由得了他呀！

康成 1 岁，父亲辞世；康成 2 岁，母亲辞世；康成 7 岁，最疼爱他的祖母辞世；康成 10 岁，姐姐辞世——现在，除了一个又聋又瞎又贫寒的爷爷，康成其他的亲人死了个精光！爷爷常常默默地坐着无声地落泪。康成 15 岁，天神把这个“总是哭着过日子的”爷爷也收走了！孤儿康成只好寄住在亲戚家中，命硬的他就好像见谁“克”谁似的，在这期间，居然连亲戚也死了一个又一个！小康成因此成了“参加葬礼的名人”“连衣服上都是一股子火葬场的味儿”——问世间，命运为何物？为什么要让一个孩子在幼年就要一次次经历死别，难道只是为了让他亲身去诠释这段哀乐：“只觉得天昏地暗。耳边厢，雨声喧，雷声乱，春色阑珊，人声呐喊——那人必定是一腔幽怨。他泪自弹，声积断，似杜鹃，啼别院，巴陵哀猿，动人心弦，好不惨然……”

这种环境里长大的一个孩子，就算没有因饥寒给冻馁，没有因孤寂而发疯，没有因一连串的打击而彻底心理变态，你如何来指望他能成为一个阳光少年？他的孤僻、他的阴郁，他对精微、瞬间之美的迷恋，他对女人永远的渴慕，对死亡的巨大恐惧同时又满不在乎，不是都可以找到来处了吗？

然而，找到来处如何、找不到来处又如何？谁能替他去体会那种渗入骨头的阴冷与凄楚？

“赤条条来去无牵挂”那是鲁智深那样的英雄才能有的洒落心境，川端康成不是身怀绝技的武林高手，不是能够赤手空拳打出一个天下来的革命者，他只是一个孤苦伶仃需要仰人鼻息才能挣扎着活下去的孩子！幸好啊幸好，他爱读书，他会画画，他的学习成绩不错。那些优美的古典诗书救了他，还有那最最重要的美少年小笠原义人爱恋着他陪伴着他。不然的话，一个总感觉自己“像野狗一样到处乞食”的少年怎么来挨过这艰难的成长期？

小笠原这个男孩是川端康成生命中第一个深爱过的爱人。从此以后，他再也没有爱过其他男人。

那时他们十五六岁，正是情窦初开的年纪。在那个年纪，即使是锦衣玉食，心情上似乎都有着一种寂寞的空旷。走过来之后才知道，哦，原来我们需要的是一个知己。而知己，在当时的那种环境下，通常都是同性。

川端康成遇到小笠原，犹如宝玉得遇秦钟。他们俩在茨木中学度过的日日夜夜成了川端康成少年时代最美好的记忆。同宿舍的两个男孩相互深爱着彼此。那种爱，也许你不能理解不能接受。在最寂寞的时候，在最需要爱的时候，异性，即使就在眼前，却也是“盈盈一水间，脉脉不得语”。只有同性，自然，安全，又便捷。他遇见了他。既善于倾听他，又一往情深地爱上了他，这不是真感情是什么？这不是心心相印是什么？当他们不是出于名利地位、没有经过物质考量，仅仅就是因为彼此喜欢，终于有一天拥抱在一起，心里泛起不可描述的浩荡和欣慰，你，凭什么来质疑？

至于人家床笫之间的事吗……正如《合浦珠》上云：“少年不做私情事，只恐春风也笑人。”依我说，不窥也罢。人类的同性恋史自古有之，它自有它存在的合理性。在曲径通幽处，有着太多人性的秘密。大惊小怪做什么？你一生中没有遇到过自己倾慕的同性？我们一般人不过是不会往深去放纵自己的感情罢了！设想一下，那个平日号称最痛恨此事的自己，到了那最极端的环境中去，你，还敢不敢声称自己永远“宁死不从”？

同性恋不是罪。甚至不是丑恶。起码在川端康成的世界里，他依靠着这份纯粹的爱，走过了自己的青春。他感激地说小笠原是他的“救济之神”，为他的“人生带来了新的惊喜”。中学毕业，康成考到了东京帝国大学深造，小笠原顺从家庭安排进入京都大本教修行所，成为一个虔诚的信徒。尽管情意犹在，然而，一个准备入世，一个正在离尘，看得见的差距使二人自然地暌隔了…… 回顾少年路，除了苍苍横着的翠微，只有这支悠悠的骊歌在清清玄玄地低唱：“长亭外，古道边，芳草碧连天。晚风扶柳笛声残，夕阳山外山。天之涯，地之角，知交半零落。一壶浊酒尽余欢。今宵别梦寒。”

多年后，50 岁的川端康成写下了这样的文字：“这是我在人生中第一次遇到的爱情，也许就可以把这称作是我的初恋吧……我在这次爱情中获得了温暖、纯净和拯救。…… 从那以后到我 50 岁为止，我不曾再碰上过这样纯净的爱。”

感谢小笠原！你拯救的哪里只是一个孤苦茫然的少年？希伯来语说：“拯救一个人，就是拯救了一个世界。”你拯救的是发端于东方的日本文化，是由这个人营造出来的精深优美的东方世界。

那美貌的少年，已在云深处的你，若是能够听到他的这番话，你会不会又惆怅又欣慰，感到悲欣交集？

有一种爱，不会随着斗转星移而变迁。因为，我早已把你放在了心里。即使你走得再远都没有关系——和我自己在一起时也就是和你在一起。

领略过小笠原带来的爱的温暖和慰藉之后，川端康成深深地感觉到自己对人间情爱的需索犹如饕餮。从小没有母爱、没有温情，女性就成了他永恒的追求。吊诡的是，命运一连串地给了他四次爱恋，女主人公的名字都叫“千代”！

千代，在日语中是千年的意思，喻指岁月长久，这四个千代却一个个都成了他生命中的流霞。

第一个千代，叫山本千代，是康成家乡的女孩子。如果不是因为长辈们的一段往事，这个千代也许永远也不可能走进康成的心田。因为她差不多是他的“仇家”之女。山本千代的父亲曾经借给川端康成的祖父一笔钱。款项有多大呢？估计也就是几十块钱左右。在当时的农村，谁家又能有多少闲钱呢？借出去他可能就后悔了，那爷俩几乎冻馁，拿什么来还他？拖了一天又一天，这个人急得火星子乱迸。等到祖父一过世，这人彻底急红了眼，他两次跑到康成的宿舍里，不顾一切毫无怜悯之情，硬逼着这个一无所有的孤儿在借据上签字画押，把这笔债转到了康成的名下，甚至限定他年底就要清还！

川端康成自己尚且无依无着，他一个学生娃娃怎么还？眼泪，哀求，说理，那一刻统统都不能打动山本这颗石头做的心了，“还钱！我就是要你还钱！”这已经彻骨寒冷的人世，又给川端康成来了冰凉的一刀！

这件事迅速传扬出去，山本先生遭到了乡人的唾弃。大家给他起了个外号叫“鬼”，见到他就避着走。握着借据的山本内心受到了重创。临终前他怀着忏悔之情，嘱咐女儿千代给川端康成送还五十元钱用来谢罪。

原谅他吧！他也是一个一度被生活、这沉重的生活给逼怕了的人呀！

川端康成的心在瞬间柔软下来，所有的冰凌消融。是啊，死者长已矣，临终前有此一举，他愿意为他合掌，祈祷他上天堂。

千代替父还债，恳切地邀请川端康成到家里做客。欣然前往的他受到了山本遗孀和小姐的热情款待。那种家庭特有的温暖，女性特有的周到，使这个离开家乡的游子感到了由衷的舒畅。当山本千代说出“你就把我的家看成你自己的家吧，随时可以来！”的话时，她重重地拨响了这个落寞青年的心弦！“寒夜客来茶当酒，竹炉汤沸火初红。寻常一样窗前月，才有梅花便不同。”若是有此梅花日日相伴，是不是也可“准折得幼年时坎坷形状”？

无奈，恋爱从来不是一件容易的事。那得两个人有意往一处用心，才可能成事。千代对他，不过是礼貌的周到。她不爱他，在心里可能连喜欢都谈不上。而日本女人善于掩饰自己内心真实的感想，那是在全世界出了名的。怎难怪康成会错意？

然而客观来说，他用什么来让女孩子喜欢呢？一无所有的一个穷学生，性情忧郁内向，身材瘦小干瘪。相貌平平，满脸长了个大眼睛，大得那么夸张，犹如永远停滞在吃惊中的那副表情，让人不敢对视……再加上她是他的乡人，清清楚楚地知道川端家那种似乎被死神觊觎的恐怖，人家纵有八个胆子，也不敢去冒这个险哪！

不要怪这姑娘的势利无情，大多数人的所谓爱情都是要经过利弊权衡的。纵然爱慕“爱情”，但我们大家更清楚现实的利害关系，我们更爱慕爱情背后所呈现出来的幸福愿景。一眼看到的就是一个“黑窟窿”，请问有几个女孩子会奋不顾身呢？就算她愿意蹈火，她的家庭也未必愿意松手。

川端康成黯然别去。

他何尝不清楚是什么不能让自己喜欢的女人为之心动？人家不说，是人家的礼貌，咱自己锅有多大碗有多小，难道咱还不清楚？

自卑、羞愤、苦恼、无奈缠绕在胸中，郁结难当之际，拿着山本千代还给他的五十块钱，川端康成既没有向学校请假，也没有告诉任何一个同学，独自一人跑到伊豆半岛“旅行”去了！——哪里是“旅行”，那已经是一场不管不顾的自我放纵……一个正在上大学预科班的学生突然消失不见，害得校方以为他自杀报了警——如果，不是命运的安排，让他遇到又一个千代，你以为他做不出来？

天可怜他！在这个年轻人走向低谷的时节，在伊豆，把舞女千代赐给了他！若说没奇缘，今生怎会遇着她？若说有奇缘，如何心事终虚化……日后，他怀着一种优美的、圣洁的追忆之情，一笔一画，细细为她写下了永恒的经典，让她成为永远青春纯洁的伊豆舞女熏子。

“那舞女看上去大约 17 岁，她头上盘着大得出奇的旧式发髻，那发式我连名字都叫不出来，这使她严肃的鹅蛋脸显得非常小，可是又美又调皮。她就像头发画得特别丰盛的历史小说上姑娘的画像”，“她那双娇媚地闪动着的、亮晶晶的又大又黑的眼珠，是她全身最美的地方。双眼皮的线条，也优美得无以复加。她笑起来就像一朵花……”这美丽、纯洁、具有古典意蕴的女孩，宛如初发芙蓉上的露珠，哪个少年郎见了会不爱？何况，她又率真地表达了自己对他的感觉：“是个好人！”——这是康成长到这么大，第一次有女子以一种正常的态度评价他。这看似普通的一句话，落在康成的耳中却犹如一声巨响。这句话，电光火石；这句话，挽救了一只迷途的羔羊！

川端自小受人怜悯，总是处在“受恩惠”的不平等地位，敏感纤细的他对此又是羞惭又无奈。被接济的滋味，绝对没有接济人那么爽吧？记得张爱玲写过亲戚见她的穿着不美，意欲找出件衣服给她，她顿时羞得紫涨了脸，眼泪都快要掉出来，暗道：“什么时候轮到我被人家接济了呢！”偶尔一次，尚且如此；若一个人从小到大都处在“被怜悯被接济”的状态下，你去试想他的屈辱感该会有多么巨大！那种意欲翻身的梦想该会有多么强烈！

可是，在熟人面前，他根本改变不了这种处境。只有到了最陌生的地方，邂逅了美丽的少女，不知他的底细，不懂得世俗眼光，她才会觉得他是个正常的、没什么问题的好小伙子。

男女之间，是不是反感、有没有意思，往往一眼之下就会有种感觉出来。当女孩子说一个小伙子“是个好人”，那已经是经过了比较全面的评价后得出的一个结论——最起码，她不反感他，甚至于，她还有些欣赏他。下意识里，她对他可能都有着一种隐秘的温柔的托付——某种情况下把自己托付给这个好小伙子，也不是绝对不可以的吧？更何况这少不更事的小姑娘那么明显地表示出了对他的在意、喜欢！她为他端茶时小脸羞得通红，手不停地颤抖；她为他殷勤地摆木屐、拂尘，为他找泉水，为他取竹子手杖，含着泪水为他送行……她在浴场中洗浴时“赤裸裸地跑到日光底下，踮起足尖，伸长了身躯”向他招手呼喊。使他甜蜜又心疼地暗道：“还是个孩子呢！”——她的确还是个孩子，不过这孩子已经不完全“人事不知”：舞女的贞操随时可能被褫夺，在未被摧残前，想被喜欢的男子远远看上一眼，这隐秘的心事也得到些成全了吧？那情形，恰如余光中笔下的《昙花》诗：“任谁的眼睛都不许来偷窥／子夜／你私自的秘密／要等最远的星光都别过头去／才肯把复瓣的雪肌／一层又一层向内开启／直到迷情的高潮／才向我／哦／单单向我／吐露你惊怯的蕊心……”

“绣面芙蓉一笑开……眼波才动被人猜。”若是没有猜着这女孩子的心事，康成哪里会来那般惊喜？！六天时间，他与其说跟着这群流浪艺人在伊豆穿行，不如说跟着这女孩的眼波在爱的喜悦中飞。

然而，他也好，她也好，虽然在心下里都暗暗喜欢了，但是毕竟还没有捅破。不是不能捅破，而是他，不愿意捅破。为什么呢？

说穿了很简单，也很绝望：川端喜欢的只是她的美貌纯真，他无法接受她的身份。在那个时代，舞女低贱如尘埃。每一个村口都竖着一块牌子：“乞丐、巡回演出艺人禁止进村！”而川端康成尽管凄惶，但此时已经是大学预科班学生。他还没到“饥不择食，贫不择妻”的地步，他的人生才刚刚有了起色，他怎么可能真的让自己去和一个最下贱的舞女发展出一段情？何况这女孩当时年龄也实在有些小，才 14，康成已经 20。对人生，他早已领教了太多真实的惨烈。

如果说，第一个千代是因为看不上他而拒绝了他；那么，这第二个千代，是被康成拒绝在了门外。

临行前，他饱含着依依惜别之情，热切地叫了她一声“千代！”热泪扑簌簌地流了下来。他不能给她现实的生活，但是他忘不掉她对他开辟鸿蒙。历来女人要救赎自己，都得通过男人；有些男人在吃紧关头，也必须要依靠女人来完成对自己的救赎。这第一个说他“是个好人”、仰慕他、纯纯地爱恋他的女子，一直住在他心里，住在他遥望青春的眼睛里。也许越是到了后来，过尽千帆，他越是喜欢闭上眼睛，让低下的头停靠在手背上，默默地想她……

多年以来《伊豆舞女》一版再版，永恒不衰。这个简直算不上是个爱情故事的故事，它表述的感情若即若离，虚幻得如同缭绕的青烟，想要去抓住时，又完全是在梦里。它之所以让日本人、东方人，乃至全世界的人越品越觉意蕴深远，也许就是因为我们都太熟悉那种情致“蒹葭苍苍，白露为霜。所谓伊人，在水一方……”

两个千代如八重樱款款飘落。川端康成回到学校，继续他的读书生涯。就像我们中国人喜欢说的“被鬼跟上了”一样，去小酒馆喝酒时，他遇到了第三个千代！那个温柔的小女招待让他一见倾心。无奈人家已有了未婚夫，他才不得不收住了这股汹涌的感情。“红楼隔雨相望冷，珠箔飘灯独自归”，这坎坷的情路啊，为什么和这坎坷的人生之路一样总也不能让人遂心？

1920 年，川端康成升入大学英语系一年级。这个“把恋爱视为命根子”的男人在鬼神的驱使下，结识了第四个千代。这个出身贫寒、只有小学三年级文化水平的女孩，当时在咖啡馆里打工。一来二去中和川端康成相识相恋了。川端康成属于那种燃点极低的文人性情，只要女人给他一点点阳光，他就可以欣欣向荣。“我喜欢我生命中出现的每一个女人，包括你——未来的你。”

而这个女孩儿，她为什么爱上康成？难道她看不到他瘦得像根麻秆、穷得几欲当裤子？可能，他是第一个向她示爱的男人。人家是东京帝国大学英语系的大学生耶！能呜哩哇啦说英语耶！能滔滔不绝谈文学耶！身在大学附近的咖啡馆做女侍，她也很可能有一颗愿意接受西方文明、希望蒸蒸日上的心。那个由英语系带来的身份，成为康成头上最明亮的光环。何况他又表现出了对自己的爱慕！一个服务员被一个重点大学的大学生爱上，就是在这年头也还是要小晕一下的，遑论那个年代的日本！总之就是爱情来了啦，这个事就连她自己也不是很清楚啦，反正就那么糊里糊涂的，她答应和他订婚了！川端康成在等待她答复的瞬间，紧张得“叼在嘴里的烟斗撞击着牙齿，发出咯咯的声音”，千代羞红着脸，说：“我没什么可说的，如果你要我，我就太幸福了！”

一瞬间，康成的世界里鸟鸣，花香，大地在欢唱！

日本人喜欢用“幸福”这个词语来表达自己的喜悦之情。是的，此刻开始还有什么比这个幸福更幸福的呢？康成喜滋滋地、迫不及待地向世人宣布了这个喜讯，朋友们半是留恋半是祝福地为他开了“单身告别会”，待他如同义子的恩师菊池宽马上善意地借给了他房子、备好了成亲用的钱，就等着新娘飘然而至啦……世界变得如此美好，美好得让这个已经在文坛上崭露头角的青年作家在梦中都露出了微笑。

他和心爱的女孩拍了订婚照，这也是康成那时唯一一张照片。揣在怀里，他爱不释手看也看不够，而那头的千代对着照片却越来越不安……她已经和他订婚了。可是突然在某一个时刻，因为一件什么事或是什么话，伴随着“婚前恐惧症”，她深深地怀疑起来。

这个连求婚的话都不敢当面对她说、而是委托了朋友来转达的男人，难道真的就要与她一生相守？他居无定所，衣食无着。结婚的房子是别人借的、结婚的费用是别人给的——实际上，他一无所有！除了发表了那么几篇小说——而小说，直到今天在中国的很多偏僻山区，很多村民把所有写文章的人都叫作“记者”，却不理解“小说是个啥东西”？写小说能当饭吃？

谁也不知道千代究竟是出于什么样的原因，几个月后她忽然之间就毁约了。川端康成跑去找她、问她、求她，这古怪的女孩说不爱就不爱，感情的龙头一关，滴水不漏！

她对他曾经有过婉妙的柔情，有过低首敛眉的娇羞，却为何蓦然间强大如铜墙铁壁？川端康成至死也没有弄清楚，千代决然而去的理由。

也许，她有了不得已的苦衷；也许，她只是不够爱他。她信不过他，信不过这个孱弱的男人要带给她的那种命运。他还在她之外。若他真的已经住到了她的生命里、她的身体里、她的灵魂里，一个已经订婚的女孩子为什么要做“逃跑新娘”？

换言之，那种女人不顾一切，像我们的民歌里唱的“小妹妹和哥哥一对对，刀架在脖子上也不悔”的热烈的爱，川端康成没有得到。

本就多愁善感的大男孩差一点疯掉！他于心不甘，到处去找千代，找到了又不敢进去打扰，眼巴巴地看着“美人如花隔云端”。淮南皓月冷千山，冥冥归去无人管。失恋的痛苦使他深深地患上了“千代病”。只要一听到“千代”就头皮发麻；只要一想到“千代”就忧伤恍惚。他认为自己是被第一个千代的父亲千代松的鬼魂缠上，所以才变成四个叫千代的姑娘来戏弄他、折磨他！接着，1923 年关东大地震，13 万人的生命被夺去，大火几乎烧掉了整座城池。康成自己逃出命来，第一件事就是到茫茫火海和废墟中去寻找千代，他想知道她是不是活着、是不是安好……“来日大难，口燥唇干”，对这个女子，他是发自内心地爱她啊！倾国又倾城，千代还是没有回来！

多年之后，他获得了诺贝尔文学奖，连天皇都得对他感激不已——如果那个女孩子还活着，她不知道该作何感想？也许，只能苦笑一下。嘿嘿，对于命运，纵使想破头，谁又能参透它的玄机？

经历了四个千代后的康成，在 1926 年遇到了后来成为他妻子的女人松林秀子。一年后他们同居了，几年后补办了结婚手续。自祖父过世后，康成已经很多年没有家了，现在他终于有了一个！虽然捉襟见肘，虽然居无定所，然而他终究是有老婆了！

对于世界上大多数男人来说，爱情只是生命中的一个环节，他们在事业上投入的爱，远远要多于生活中对女人的爱。“修身齐家治国平天下”，家庭是用来“齐”的，不是乱七八糟给人闹心的。虽然在婚后，他在外面也一直没有停止过买春寻欢。不过，他对这个没有给他生下一男半女的老婆还是不错的。我很怀疑，是川端康成在这方面有问题。孱弱的他一生也没能成为一条壮汉。后来他们领养了川端家族的一个女孩。尘世的家庭之爱，他也算是享受到了。

川端康成自己说过，从来没有想到会获得诺贝尔文学奖，然而那至上的荣誉说来就来了，那些喧嚣、那些大奖带来的负面影响，最终要了这个人的命。

他一辈子喜欢孤独，他喜欢在清净中去凝视那些楚楚动人的弱女子，她们或是舞女，或是艺妓，或是艺人，或是女侍。她们统统都有着雪白雪白的肌肤、乌黑乌黑的头发。她们的身上闪耀着日本女人传统美德的光芒：温柔、善良、执着、无言、无私。对待爱情是坦荡而又含蓄的、无求的、深情的，哪怕是生活中偶然的邂逅，也用生命真切地去体验，爱得热烈，爱得执着。她们犹如一只只洁白优美的鹤，围绕着他翩翩翱翔。他爱她们。每一个都爱。女人，就是他对这个世界最深厚的感情。最后，当他成为一个对写作对爱对一切都感到无能为力的老人时，他选择了口含煤气管自杀。他曾经反对自杀，因为“不管多么厌恶现世，自杀是种幼稚的不觉悟的行为”。但是轮到自己时，他却很平静地说，无言的死，就是无限的生，自杀最好不要写遗书。在死前的几小时，他对家人说，我出去散步了。之后他的助手在写作公寓里发现他把煤气管含在了嘴里。

事前毫无征兆，事后一字不留。悄悄地我走了，正如我悄悄地来。离尘的那一刻，“银河好像哗啦一声，向他的心坎上倾泻了下来”。晚年他最喜欢的诗句就是“春空千鹤若幻梦”，那时是不是有无数只白鹤从岁月深处、从荻花深处翩然而来，拥着他的灵魂，飞往了无比空灵的仙界？

他走后，日本彻底结束了最后的古典美。

笑之后

民国是那样一种纷然的红尘人世：旧的东西尚在盛行，新的更有活力的文明却也在成形，两两总不相宜，让人又是不安又是新奇又有所期待，犹如待那酿花催花天。

胡适，就是盛开在民国世界里的富贵牡丹。

以花来喻男子，实在是最隆重的赞美了。拥有花的色、香、味，再加上人的才、情、趣，这样的男人，古往今来能有几个？

他是我最爱的一个民国男子。爱他，有太多的理由：他头戴36顶博士帽，是现代著名学者、诗人、历史学家、文学家、哲学家，是新文化运动的倡导者；官居北大校长、驻美大使，后来差点做上总统……才华，是非常非常容易让我心动的特质，如果这些摆在一起还不足以让你像我一样爱他，那么你再看看他的容貌，眉清目秀、温文尔雅，脸上永远挂着一副温和的笑容，那笑容使人想起春天、春风、春山、春水……是的，我爱的男子，横溢的才华之外，就是要有“天然一段风韵，全在眉梢；平生万种情思，悉堆眼角。虽怒时而似笑，即瞋视而有情”的温柔款段，你难道能说这是我的错？

如果这是我的错，那么世间太多的女子恐怕都和我一样愿意胡适让我们一错再错！江冬秀、曹诚英、韦莲司，这几位女子，哪一个不是为了胡适“滴不尽相思血泪抛红豆”？这仅仅还是知道的，那世人不知道的，恐怕还有。当年，谁不以结交到“我的朋友胡适之”为荣啊？

他有这个资格。这样的男人，若是没有女子去爱，岂不是枉活了一世？

胡适这一生，年少成名，学问、名望、地位、金钱、儿女、情人……一切一切都有了，唯独缺的好像是一个温柔贤淑的妻子。可是，这也是他给自己选择的命运，谁都怪不着，要怪只能去怪他那个宁可自己吃亏受罪也死要面子的性格。

胡适的性格是他的母亲塑造成型的。

胡适 5 岁上失去了父亲。在《我的母亲》一文中，他用一支蘸着泪的笔，写下了这个在安徽农村大家族里艰难度日的寡妇之悲情与悲壮。她含辛茹苦，忍气吞声，人前不得不咽泪装欢；背人处，唯有对着自己幼小的儿子泪眼汪汪耳提面命。盼着儿子成器，成为她生命中唯一的念想，故此对这根独苗苗，她是比严父都严，恨不得他一日就长大成材，像他爹那样为官做宰，重振煊赫旧家声！胡适从心里爱她、也怕她，为了她，他愿意听话地去做一切。而她身上那种做人的克己隐忍、做事的细致周到，也成为胡适一生的榜样。他说：“……我渐渐明白，世间最可厌恶的事莫如一张生气的脸；世间最下流的事莫如把生气的脸摆给旁人看，这比打骂还难受……”因此，胡适一生都是笑脸迎人：“我在我母亲的教训之下住了九年，受了她的极大极深的影响。我十四岁（其实只有十二零两三个月）便离开她了，在这广漠的人海里独自混了二十多年，没有一个人管束过我。如果我学得了一丝一毫的好脾气，如果我学得了一点点待人接物的和气，如果我能宽恕人，体谅人——我都得感谢我的慈母。”

因此，胡适一生不违拗母亲的意愿，包括娶回她看中的儿媳妇江冬秀。

对这个十四岁上由双方母亲做主定亲，小脚、没文化的农村姑娘，已经获得哥伦比亚大学哲学系博士学位、时任北京大学教授的胡适，怎么可能会喜欢呢？他捱磨了十三年，其间用书信、用生病种种理由推却了不止一回，可是，终究是奈不过母亲的意志——他愿意自己是一个孝子。孝顺、孝顺，孝就是顺，顺就是孝。至于婚姻是什么，换言之是给母亲娶老婆还是给自己娶老婆，他还来不及去体会。

鲁迅的娘也好胡适的娘也好，那一代的母亲为什么要无视儿子的感情，拼死拼活一定要让他们成这门亲呢？除掉做人的信守诺言之外，我分析她们大约也和《围城》中的方老爹有着相似的心理：“女人念了几句书最难驾驭。男人非比她高一层，不能和她平等匹配。所以大学毕业生才娶中学女生，留学生才娶大学女生。女人留洋得了博士，只有洋人才敢娶她，否则男人至少是双料博士。这跟‘嫁女必须胜吾家，娶妇必须不胜吾家’一个道理。”

所以，她们坚信：那些洋女学生再好，也没有这看着长大的童养媳可靠，为娘这是一片真心为你好啊，我的傻儿子！

1917年，他27岁。在一直盛行早婚的时代，他已经是标准“剩男”，江冬秀属虎，还大他一岁，倘若这时他果真不娶她，她将是彻彻底底的“必胜客”！——这婚是结也得结、不结也得结了！婚礼那天，江冬秀穿花袄、花裙，胡适穿西装礼服、戴礼帽、穿黑皮鞋，两人相对，恭恭敬敬地行了三鞠躬礼，胡适还发表了一通演讲。这“潮人潮事”，轰动乡野，可把胡村人给看了个大张嘴呢！于时正在大力推行白话诗的胡适，随后写下了一首五味杂陈的新诗：“记得那年，你家办了嫁妆，我家办了新房，只不曾捉到我这个新郎。这十年来，换了几朝帝王，看了多少世态炎凉，锈了你嫁妆剪刀，改了你多少嫁衣新样，更老了你和我人儿一双。只有那十年的陈爆竹，越陈便越响。”

世上很少有谁愿意婚后拧巴着过日子，胡适那种性情温和的男人更不会。即使再不中意这门亲事，他也断做不来像鲁迅那样决绝地对待朱安。鲁迅是“一个都不宽恕”，胡适是待谁都好。何况江冬秀也不是一无是处。她善庖厨，轻易地用地道美味的安徽菜拴住了男人的胃，并且叽里咕噜很快生了两子一女一串孩子。“有子万事足”，在北平的高尚住宅区里，他们过着衣食无忧的上流社会生活。一切似乎皆如人愿，顺遂得无话可说。而光阴如流水般过去，快得连玉貌朱颜也不曾被惊动。

可是，胡博士的心里岂能没有涟漪！

这个妻子，最大的好处是能干泼辣，最大的坏处嘛……当然还是能干泼辣。人家梁宗岱要休妻，和结发老婆打离婚官司，江冬秀一介毫无法律知识的山乡女流，只凭着一腔“正义”、一张利嘴，自告奋勇替梁妻站到法庭上，当面锣对面鼓，硬是让梁大教授闹了个败诉！此事一出轰动京华。“彪悍，太彪悍了！”你想，在大堂上尚且有这般本事，在家里那属兔的老公胡适，还不得被这“母老虎”收拾得服服帖帖？

江湖上传，北大同事到胡府做客，他老婆能当着人，把校长大人骂得面红耳赤，闹得客人走也不是坐也不是。然而那世事洞明、学贯中西、写得出把蒋介石都逗得哈哈笑的打油诗“哪有猫儿不叫春？哪有蝉儿不鸣夏？哪有蛤蟆不夜鸣？哪有先生不说话？”的胡博士人家就有本事一声不吭！这种一味由着老婆撒泼的经历，相传苏格拉底、苏东坡的朋友陈季常、林肯总统等都有过，深受杜威自由主义思想影响的胡适竟能够把这样的日子笑眯眯地往下过！

胡适不是没见过女人的小雏鸽。他和贾宝玉一样，实际上是在花丛中过来的人。

在他的《藏晖室札记》中记载，他从青年时代起就打牌、喝酒、捧戏子、逛妓院无所不为。有时从这家妓院出来，又进了另外一家妓院，妓女关门睡了，就“敲门而入”。在美国时，和韦莲司、陈衡哲等女性关系密切；待留学归来，芳名远播，女孩子抢着去上他的课，看到女生坐在窗边，寒风吹进来，他会很细心地走过去替她把窗户关上。他的身边，从来没有缺少过女子。这样的一个男人，难道真能被你江冬秀攥在手里？

男人想要做点什么，有的是办法。

1923年，他们遭遇七年之痒。小兔子乖乖“病了”，向北大请了长假，到杭州“养病”去也。

生了什么病？相思病。使其致病的女子名叫曹诚英。曹诚英是胡适三嫂的妹妹，初相识是在胡适的婚礼上。她被请来为江冬秀做伴娘。一声软软甜甜的“麋哥哥”，叫得新郎当时就呆了：这么清秀美丽的女子，为什么不是我的新娘？！这次邂逅，注定了他们日后的情缘。这是宿命，躲都躲不掉的宿命。

在杭州烟霞洞，胡适和他最爱的这个女人开始了他一生中最为缠绵热烈的一段恋情。在他的《秘魔崖月夜》中他写道，她是他“驱不走的情魔”，是“吹不散我心头的人影”；她待他自然更是情切切意绵绵。女人爱一个男人爱到极致，就是为他生孩子——此前，他和那么多女人有染，可没听说有谁能怀上胡博士的“龙种”。面对曹诚英的身孕，胡适竟然——有勇气回去和老婆摊牌：他要离婚！可见这个男人对这个小他十一岁的小女人的爱！

江冬秀那么凤辣子似的人物，其实哪能不知道她老公一直以来就是只馋嘴猫？无奈之下她只有装傻：偷腥可以，她既然管不住，那也只得由着他。这也许就是她一生能把他骂得劈柴一样的根本原因？但是，想要休妻？！没门儿！！！

被休，其实是她一生最大的怕。她又不是傻子，岂能不知自己和这个万人迷丈夫之间有着多么大的距离？有婆婆在，还好些，她是她最大的保护伞，可是婚后不久她老人家就已亡故，她用什么来撑住自己这本来就建筑在泥石流上的婚姻？为此，她殚精竭虑、左右奔突、上下求索。然而，这一天终于还是来了！

来者若是别人倒也罢了，偏偏是曹诚英！作为同乡，曹诚英要貌有貌，要才有才，人家还上了大学；而她江冬秀，小脚，矮胖，直到此刻连鸡蛋大的字都不识一筐，两个人咋比嘛！正因为如此，愤恨之情越发是烈焰倾城：兔子都不吃窝边草，你仗着有三分才貌就勾引我老公？我杀你个奸夫淫妇！横竖是个被遗弃，不如大家都别活！悍妇有时候是逼出来的，有时候是演出来的。这场闹，据说是惊天动地，她拿着剪刀要先杀了两个儿子，再死给他看！

胡适一生都没有这样作难过。

他的本性就是一个不忍伤害任何人的老好人，他怎么可能决绝地对待眼前这个已经要被妒忌、羞辱、恐慌、伤心、愤怒绞杀的女人？何况，她不是别人，是他的结发妻子，是他孩子的母亲！

这种事，太多人都曾经遇到。理智些的懂得给大家留个体面；然而多数人都会闹得很难看，寻死觅活的也不少见。朱安可以一辈子被鲁迅丢在“冰箱”里；江冬秀却不服输，或者说，她可以输给别人，就是不能输给曹诚英！——后来她明知韦莲司是她丈夫的情人，却能与她和睦相处，不仅仅因为她是个美国白人吧？最要紧的是韦莲司没有来觊觎她的地位。而曹诚英，就因为咱们是故人……表面上看沾亲带故的人仿佛容易结成天然的同盟，其实很多时候不是那么回事。例如两个发小一起到外打拼，一个发达了，最不服气他的，可能恰恰就是另一个！再比方说，远方的人竞选总理，你通常不太有感觉，可是你身边的人若有了“想当国家总理”的念头，第一个无法忍受的可能就是你！——我们见不得知根打底的人比自己强！更恨他来抢自己饭碗！这是人类的通病。江冬秀怎会例外？不蒸馒头争口气，她发誓不但不能让那个“狐狸精”鸠占鹊巢，还要她永世不得翻身！

三曹对案，总得有一方偃旗息鼓的。僵持不是办法。而婚姻之外的爱，在家庭、孩子、名誉、社会地位、利益等面前，从来都是画在流水上的美丽图案，如梦如幻。妥协的通常都是“小三”，既有“爱他就不给他添麻烦”的深情，也有“名不正言不顺”的尴尬与委屈。离开，是她们惯常的姿态。

汹涌澎湃的爱就这样被海啸席卷而去。胡适热泪长流，恋恋不舍地将曹诚英送到美国堕胎、读书。这一去，千里烟波，两人再也没能相见。

多年后，已经回国的曹诚英老大拟嫁，江冬秀闻知，在男方亲戚面前大肆诋毁，硬生生让男方打了退堂鼓，害得曹诚英几乎剪了头发去做姑子！

怨不得萨特说，他人，就是地狱。

古往今来的女人，当她们感受到男性社会给予的压力时，总是毫不犹豫地把伤害给予自己的同类。

曹诚英再也没有谈婚论嫁。1973 年逝世前，她将胡适寄给自己的书信物件托“湖畔诗人”汪静之烧毁，并嘱咐家人，死后要将自己埋在去胡适村庄的公路边，说：“我生前没有见到他，死后也盼望他魂兮归来。”

海德格尔说，人，诗意地栖居；尼采说，人，应该成为超人。爱情本是一个不死的英雄梦想，最应该无视世间的飞短流长，代表着人性里最崇高的那一部分，是灵魂终于可以飞翔的机会。但是，肉身太重，就算在爱情里，我们还是飞不起来。

被折断爱情羽翼的胡适，没疯掉也没颓败，相反他努力地让自己接受了他的妻子，将她从中国大陆带到美国再到中国台湾地区。同时他让自己在他的时代里活得丰富多彩，活得尽职尽责！广结善缘，广做善事，被胡适资助过的人数之多、钱数之大，恐怕再没谁能比得上。这个著作等身的大知识分子“居庙堂之高，则忧其民；处江湖之远，则忧其君……”怎难怪蒋介石先生评价他是“新文化中旧道德的楷模，旧伦理中新思想的师表”！作为他们那一代学人的领军人物，他堪配此语！

这个看似柔软的男子，其实亦有担当，能承受。守着一个“不攒劲”的妻子过了一辈子、三个孩子中两个走在了他前面……纵然被誉为“圣人”，那些悲哀岂能如风过了无痕？当着人他一辈子都在笑，那温暖的笑，照亮了多少人的心扉！然而“笑矣乎，笑矣乎。君不见曲如钩，古人知尔封公侯”。——封侯拜相、花团锦簇的背后，是多少委屈隐忍，有谁知道他笑容后面海一样的深愁？

安能辨我是雄雌

“一朵穿裤子的云”，若不是出自马雅可夫斯基之口，而是出自乔治·桑该有多好！这话，简直就是为她量身定做的嘛！

她是男人？还是女人？还是雌雄同体？抑或一辈子都是一朵穿裤子的云？

现代人已经很难去理解过去的那些时代了：即使是到了19世纪，“穿裤子”还是一件男性专属的特权；上流社会的女性，不要说是亲自穿条裤子出门，就连大庭广众之下，说出“裤子”这个词语都是带有色情意味的不得体失语。

可是，总会有人对此种种嗤之以鼻的，正如任何时候都不会缺乏靠捅马蜂窝来取乐的好事者。

乔治·桑，就是那个时代的异数。

很难说她是环境的产物，我更多倾向于她是出自天性。她原名露西·奥罗尔·杜邦，1804年生于巴黎一个贵族家庭，在法国诺昂乡村长大。父亲是第一帝国拿破仑时代的一个军官。由于父亲早逝，而母亲曾有沦落风尘的经历，所以她从小由祖母抚养。13岁她进入巴黎的修道院。那个时代的女孩子进修道院，相当于现代有钱人送子女进贵族学校镀金。18岁，她嫁给了贵族青年卡西米尔·杜德望成为男爵夫人。表面上看这是一桩比较般配的婚姻。但她很快就开始了一次又一次的红杏出墙。生了一男一女两个孩子之后，27岁上她闹腾着要离婚了。

在她们那个时代，离婚，比通奸要可耻得多得多！可是这个女人却带着一双儿女义无反顾地离开了那个男人。要原因吗？有一个：她“无法忍受那个男人的平庸和缺乏诗意！”

噢！噢！这话，莫说是在当年，就是在今天、乃至于未来，谁听到都会忍不住叫起来吧？

这是理由吗？

天下有几个婚后能够“不平庸且富有诗意的男人”呢？

“柴米油盐酱醋茶，尿布奶瓶工资卡”的夫妻生活，大家不都这样过吗？人家过得，你怎么就过不得呢？

若是能够过得，她就不是乔治·桑，而是平凡如你我的谁谁的老婆了。

说她矫情么？矫情，也可视为对生活的一种高远、美好的期待：我们不堪此处的平庸琐屑，以为彼处有更加流光溢彩的情景。

何况离婚的原因从来都是可以为外人道的地方才能给外人道一道；真正的原因只有那讳莫如深的当事人才最清楚。

不管怎么说，横竖人家是做了出走的“娜拉”了！

1831年，乔治·桑搬到了巴黎。在这里她果然风生水起，开始了不同凡响的精彩人生。1832年，她的第一部小说《安蒂亚娜》问世，因提出了妇女解放的问题，引起社会的密切注意，因而一举成名。

那个时候的巴黎，不是此前拿破仑时代风云突变的巴黎，也不是后来沦为怀旧圣地的巴黎，而是它最风流旖旎的时光：文豪巴尔扎克、雨果、屠格涅夫、梅里美、福楼拜、小仲马、海涅、缪塞，匈牙利钢琴之王李斯特，画坛巨匠德拉克罗瓦……这些文艺界的巨星他们都在！正值盛年，风华绝代！把这些人当中的任何一个拿出来都是响当当、硬邦邦；如果这些人集体都成为一个女人的好友，试问，这个女人的魅力还用怀疑吗？

“那她漂亮吗？”估计你肯定会这样问了。

哦，不，相比那会儿无数娇艳的女人来说，这个为纪念自己前男友而给自己取了个男性笔名“乔治·桑”的女人，相貌最多只能说是中人之姿，更要命的是她穿男装、抽雪茄、喝烈酒、骑马、说粗话；同时她因为自己还是一个女子剑术高手，甚至鼓动她的追求者进行决斗——当然用剑喽！——一句话，男人干什么她干什么！男人不干的她也要来插插手！

她像一颗炮弹一样进入那个一向以奢靡、香艳、娇柔、文雅著称的巴黎上流社会，炸得人瞠目结舌。多少人为之侧目，却也不乏为之欣喜若狂者。——任何时候，“另类”都不会没有一点市场的。因为它满足了一小撮人心底的欲望。

她那种放松、放肆、放恣的姿态，成就了一场性情的飞舞，让人不得不刮目相看。尤其是男人，当他不把一个女人当女人，而是把她当男人来看时，其中那种微妙的错位，反而比让他和男人来往更舒心；而女人，因为也不再把她划归到同类，所以倒也无须对她使用那些女性惯常的小心眼、小手腕，这么相处时倒也落得个彼此不设防。

乔治·桑就这样以一种特立独行的方式稳稳地在巴黎立住了脚跟。而且立即开始了她生命中非常重要的一场恋情。恋爱对象就是那个说过“本世纪的病来源于两个病因：过去的一切已不复存在，而未来的一切尚未开始”的著名诗人缪塞。

他们于 1833 年 6 月第一次见面，那时缪塞 23 岁，因为早慧成名少年得志，性格敏感而脆弱，感情丰富而不稳定，自我放任，目空一切。乔治·桑 29 岁。姐弟俩一见钟情，很快就发展为炽热的爱情，年底两人去意大利威尼斯旅行，缪塞病倒——女人没病倒男人倒病倒了！在那个水唧唧的充满异国情调的城市里，像她那样一个充满了生命活力的女人怎么可能闲在病人的床头为他当看护妇呢？所以乔治·桑与他的医生发生了暧昧关系，不幸被发现了，于是他们开始了一连串的争吵、分手、和解，最后于 1835 年底彻底分道扬镳。

这段充满狂风暴雨妒忌眼泪的激情燃烧岁月，使倍受痛苦的缪塞写下了《五月之夜》《十月之夜》等美丽诗篇和《一个世纪儿的忏悔》这样动人的小说，以及好几部成为传世之作的剧本。这些作品无疑丰富了法国的文学宝库。刻骨铭心的感情经历和两位作家之间的相互影响，也使他俩在文学创作上更加成熟了：缪塞的抒情从此多了一份感人的真诚和凝重；乔治·桑则在写作风格上受到了缪塞的熏陶，从此作品中缺乏风趣的长篇大论大大减少，原先比较粗糙、生涩的文笔也变得洗练、优美了。

这场恋爱，我们说输了人，赢了写作。通算起来不赔不赚。

“我爱，我愿意苍白；我爱，我愿意受苦，在受苦之后，必须还要受苦，还要不断地爱，在爱之后”——这是缪塞写下的诗句，乔治·桑忠实地拿来身体力行了：在这场爱之后，她果然“还要不断地爱”了。这次爱，让她青史留名，也让她在“受苦之后，必须还要受苦”。

这场爱情的男主角，就是那大名鼎鼎的肖邦。

开头就不好，典型的女追男。古往今来，凡是女追男，大都没有好果子吃。男人打心眼里就不喜欢自己被女人逼得无处藏身只好就范。白娘子为什么那么惨？王宝钏为什么守活寡？就因为倒追嘛。“世上只有藤缠树，有谁见过树缠藤？”乔治·桑主要是没听过这支山歌，所以“终身误”呀！

肖邦和她第一次见面是在李斯特家里。那举止文雅、华衣美服、连手杖都精致到极点的翩翩少年，一眼见到这个抽烟喝酒穿裤子的胖大姐时，真是大倒胃口。他对李斯特说：“她是个女人吗？我真怀疑这一点！”

李斯特怎么说？历史没有记载，有记载的是从当天晚上开始乔治·桑的黑眼睛里除了肖邦再也看不到其他东西了。老子说“五色令人目盲，五音令人耳聋，五味令人口爽，驰骋田猎令人心发狂”，性情中人，尤其是女性情中人一旦爱上，那人就完全会让她既目盲又耳聋又口爽又心发狂了！

时年 34 岁的她开始热烈地追求这个小她 6 岁的小帅哥。巴黎人都笑翻了！她比他大那么多！她离过婚！她还带着两个拖油瓶！她还那么胖！又不漂亮！

而人家肖邦 7 岁即可写乐谱，8 岁公开演奏，15 岁出版作品，18 岁前往柏林演奏，19 岁访问维也纳，早已是一位声名远播的天才音乐家。凭着他早期的作品《第二钢琴协奏曲》（F 小调），《第一钢琴协奏曲》（E 小调），使他来到巴黎后享受到了偶像级的追捧。这个时候，他虽然刚和初恋对象说拜拜，可是打死他也不会想到，自己会同一个大他那么多的“男人婆”搞在一起！他更想不到，这个“男人婆”决定了他肖邦后半生的命运。

然而，乔治·桑是那种想要什么就一定要得到什么的人。她对男人了如指掌。她欢喜肖邦，就有办法使肖邦迷恋上她。

这个面色苍白、身体纤细、体质柔弱、敏感内向、常常由于激动而疲惫不堪的肖邦，与其说他是个男人，不如说他是个男孩子，哦不，他更像个林黛玉式的女孩子。他孤寂、忧郁，动不动就一个人躲在房间里哭鼻子。他疑神疑鬼，总感到自己创作力在衰退，思想变得懦弱，想象变得苍白，灵感渐渐枯竭。对于命运的忧虑不安和对艺术创造力的忧虑不安，犹如双重的阴影和双重的枷锁，压抑在他心头。这个时候，大说大笑、开朗活泛、鲜活浓烈、激情四溢的乔治·桑如一条汹涌澎湃的大河来到他身边，试问这湾小溪水怎么可能不被淹没？尽管肖邦此前也被女人簇拥着，但在她这个情场老手面前，他毕竟还是一只雏鸽，三下五除二就被收编了过来。

这个男子气的女人正是这个女子气的男人的必不可少的补充。

1839 年，乔治 · 桑带着肖邦和两个孩子回到了距巴黎 300 多公里的诺昂庄园。这个风景优美的大庄园有花园、菜园、茂密的树林和悬挂着意大利吊灯的华美房间，还有一个私人剧场。

他们在这里安顿了下来。福楼拜、小仲马、巴尔扎克、屠格涅夫、李斯特甚至包括拿破仑的小弟弟，时不时地会来这里造访，大家一起“煮沉水，斗旗枪，写青山，临墨妙，考异定讹，间以调谑”，那些春花秋月夜的美景啊，真是让人舍不得就这样消磨掉。

乔治 · 桑给肖邦亲手布置了两间豪华精美、具有隔音功能的房间，给了他现世的安稳，给了他静好的岁月。在这里，肖邦度过了他一生中最太平、充裕的美好时光。乔治 · 桑是伟大的作家，同时也是一个高明的音乐欣赏者。因为爱她、因为想取悦于她、更是为了让她崇拜他，肖邦攀上了创作的巅峰。《B 小调钢琴奏鸣曲》、《H 小调钢琴奏鸣曲》、7 首夜曲、第三和第四叙事曲、谐谑曲、15 首玛祖卡舞曲、降 A 大调波罗乃兹幻想曲等，还有轻巧浪漫极具生活情趣的描述乔治 · 桑与小狗嬉戏的《小狗圆舞曲》…… 肖邦一生写了 206 首作品，从学生时代到巴黎初期，他的作品有很浓的民族色彩或沙龙音乐的风格，真正的成熟作品，几乎全部完成在他和乔治 · 桑相爱的这九年之间。这些既有浪漫主义本质，又有古典音乐纯真的优美作品，用我们中国古典的句子来形容可谓恰如其分：“风入春松正凌乱，莺含晓舌怜娇妙。呜呜暗溜咽冰泉，杀杀霜刀涩寒鞘。”

在音乐史上，爱情对作曲家似乎颇为重要！没有梅克夫人也不会有柴可夫斯基。瓦格纳如果没有柯西玛，他哪有耐心写《尼伯龙根的指环》？舒曼的灵感有多少来自克拉拉？如果没有乔治·桑，可能就没有肖邦——就算有也不会是这个样子。肖邦创作时，乔治·桑常常站在他旁边，一只手亲昵地放在他的肩上，喃喃地说："亲爱的，大胆些，柔软的手指……"

如果人生只有音乐、写作而没有世俗的鸡零狗碎，他们两个可能永远这样如神仙眷侣一样过下去。问题是，连神仙都有种种令人烦恼的操心事，何况凡人哉！

乔治·桑是个女人，可是在与肖邦相恋以后，她就几乎彻底变成一个男人了。肖邦肩不能挑手不能提，除了会弹琴作曲，世俗一应繁杂都免谈。她不得不让自己成为一家之长。她要负责照顾三个孩子：大男孩肖邦、儿子莫里斯、女儿索朗热。她其实并不宽裕，维持诺昂庄园的庞大开支，对她来说绝非易事。可是，就因为肖邦喜欢华衣美食、肖邦需要精美器物，她就坚韧不拔地像男人那样为生活打拼！没有资料说明肖邦给她交伙食费，她的贵族身份也不允许她和情人搞经济上的AA制。——长达九年，她养着他！

乔治·桑曾经说："爱是一团总要越烧越旺、越烧越纯的烈火，通过爱，我们将抵达雄伟壮丽的山峰，从那，我们可以傲视那栖息着毫无活力的平庸之辈的枯燥无味的世界。"

然而肖邦对她依然是有意见。

从存世的书信来看，很有可能他们俩长期没有夫妻生活。肖邦患有家族遗传肺病。他的妹妹 14 岁死于肺结核，他的父亲也因慢性肺结核去世。乔治·桑认识肖邦时他就已经不健康，往往演出一场之后都得让人扶着才能走出去。1838 年 12 月 3 日，肖邦写道："我病得好像一只狗，两个星期了。三名医生访问了我。第一个说我快死了；第二个说我还剩一口气；第三个说我已经死了。"乔治·桑戏谑地称呼他："我亲爱的尸体。"这样孱弱的一个男人，你能指望他在床上生龙活虎吗？

而乔治·桑那样一个生机勃勃的女人，为了肖邦的身体她不得不压抑了自己！同时她还利用强势也压抑了肖邦。

她在给一位友人的信中这样说道："我如处女那样，和肖邦及其他人生活在一起，已经七年了。由于我对情欲是那样倦怠、失望、无药可医，我已经未老先衰，没费什么力气，也无须做什么牺牲。如果世上也许有一个女人值得肖邦绝对信任，那就是我；而肖邦根本不懂得……我知道有不少的人在责怪我。一些人说，我强烈的情欲，耗尽了肖邦的精力；另一些人说，我的行为出轨使他很失望。我认为你是知道内情的。肖邦埋怨我剥夺了他爱的权利，等于置他于死地；我坚信，如果不这样做，那才真的置他于死地……"唉，可惜肖邦不念她的情。

对此，倒也不能全怪肖邦。男人嘛，即使再孱弱，他才不管他自己是不是比小花朵还要娇嫩，那股子劲上来，你若不投入地欲仙欲死，他就觉得你故意让他没面子！

何况肖邦又是异常敏感的一个人。有人开玩笑说他"一片玫瑰花瓣的折痕，一只苍蝇的影子，就足以使他咯血"。乔治·桑借着描写书中的人物为他画像：“他的身心都很柔弱，但是由于他肌肉不发达的缘故，反而有一种动人的美，一种超越年龄甚至性别的外貌，像一位颀长而忧郁的女人，永远沉溺在他的白日梦中，他缺乏现实感……此外，他有强烈的占有欲、专制、暴躁、嫉妒……因为他柔弱，于是他会用一种虚伪漂亮的睿智，来折磨他所爱的人，他傲慢、矫饰、故示高贵、厌恶一切……”肖邦的同乡密茨凯维支说：肖邦对于乔治·桑来说，是祸根，是精神上的吸血鬼和苦难的十字架，而且他最终也许会把乔治·桑置于死地。就连肖邦自己都说：“我是一个蘑菇，看上去可食，但若你胆敢采下咽去，蘑菇便会毒性大发。”但是无论他多么自私、狂躁而且病态恹恹，他都是传奇，是伤感，是最美丽的泡沫，是永远的音乐王子，是乔治·桑最爱的男孩！无论他怎样对她！

乔治·桑无微不至地关心着他。肖邦独自去巴黎时，她急忙通知马尔利亚尼夫人，使肖邦能洗上热水澡，找到通风的房间。“这是我的小肖邦，我把他托付给您了，不管他愿意不愿意，请多加照料。我不在时，他自己照管自己的能力很差。他有个好心的佣人，却很笨。我并不担心他的饮食，因为各方人士都会宴请他的。但是，早上匆忙去上课，我担心他忘了喝一杯巧克力或一碗汤。我在时，不管他愿意不愿意，我总是要灌他喝一杯的。现在肖邦身体很好，只是要像大家一样吃好睡好就可以了。”

可惜啊，世间男女，相爱容易相处难。男人要的是能和自己甜言蜜语、颠鸾倒凤的配偶，不是把自己从头管到脚一口一个“这是为你好”的小妈。而且说到底，在男性的世界里，永远向往的是温婉柔美的女子。善倾听而不是善倾诉，善低首而不是善扬眉……

因为看不惯乔治·桑溺爱她的大儿子，因为看不惯乔治·桑热血沸腾闹革命，因为彼此志趣爱好的巨大分歧，后来再加上乔治·桑女儿的介入——索朗热和肖邦之间究竟有没有一腿？这事很值得推敲。对于索朗热来说，她的成长期都是和肖邦在一起，从小没有父亲的她，把肖邦看作亦兄亦父的亲人，有事和他说、有话和他讲、有泪向他滴，这不是很正常吗？但是，别人可能不这样看，乃至于流言蜚语又一次传遍了巴黎。

这件所谓的风月事要了乔治·桑和肖邦的命。

1847 年，她措辞激烈地致信肖邦："我宁愿看到你加入敌人的阵营，也不愿看到你在曾经吸我乳汁长大的孩子面前攻击我……我已经受够了作为一个易受欺骗、常做牺牲者的滋味……我不要再忍受这种奇异的颠倒。再见，我的朋友，我将为这九年专情的友谊获此结局而感谢神，希望常常能得到你的消息……"

展眼吊斜晖，湘江水逝楚云飞。

肖邦负气而走。结果，从离开乔治·桑直到逝世，将近两年半的岁月里，不曾写过一首曲子。临终前他说："我真想再见她一面。"

他死后，巴黎倾城出动为他送葬，唯独不见乔治·桑的身影。

那一生每一个阶段都不缺少男人的乔治·桑在和肖邦分手后（那年她 43 岁），再也没有和任何男人有过情事，直到 72 岁在孤独中去世。

她死后，雨果为她致悼词。作者以激越的情感、高亢的语调、诗化的语言、哲理的信念，颂扬乔治·桑伟大的贡献和不朽的价值："乔治·桑在我们这个时代具有独一无二的地位。其他的伟人都是男子，唯独她是伟大的女性。……她不仅保持天使般的禀性，而且还具有我们男子的才华。……她们不仅应有强韧的力量，也要不失其温柔的禀性。乔治·桑就是这类女性的典范。……"

三次突围

1912 年，出版了短篇小说集《观察》的卡夫卡已经 29 岁了。别人在这个年纪上，通常已经是几个孩子的爹了，咱们的卡夫卡先生才第一次有了春意。

他看上的美眉叫费丽丝·鲍尔，比他小 4 岁，相貌平平，颧骨突出，下巴老长，穿着打扮就像个家庭妇女。但，不知何故，也许就是因为那时候，他需要爱了，就像花需要开了，不可遏止，无需理由，这个平凡的姑娘让一直羞怯、自闭的卡夫卡掉进了自己给自己编织的情网。

几天后，他在办公室的打字机上给费丽丝写了第一封信，并自说自话地约人家明年去巴勒斯坦旅行。

那个时候的卡夫卡，还远远没有后来的名声。当时他不过是布拉格工人工伤保险公司的一个普通职员。这个身材瘦削的犹太男孩，有着一双大大的透着惊恐的眼睛，怎么看都不像是一个能够成家立业、生儿育女、挑起家庭重担的男子汉。

可是哪个女子能经得起被爱的诱惑呢？谋生不易，谋爱更难。

特别是如果你清楚地知道自己一直是那么平凡、那么没气质。尽管卡夫卡不见得就是一个理想的对象，费丽丝·鲍尔却也没有好高骛远，她迅速地响应了他。

第一次恋爱就这么开始了。

他们两个每天都要写信，最多的时候一天发了五封！和文人恋爱，书信传情这种手段超好，可以不改、润色；可以不紧不慢地铺排；可以滤过生活的粗糙与琐碎，在字斟句酌里让写的人、看的人都得到乐趣。

她固然是没有卡夫卡在文字上的资质，但也不是很差，不然凭什么来让卡夫卡对这段恋情的热度不断升温呢？毫无疑问，他爱她！

男人对女人最隆重的赞美是求婚。1913 年，他们在柏林订婚了。

卡夫卡甚至租好了一套三居室的房子，结婚大喜之日眼看就到了——卡夫卡患上了婚前恐惧症。他犹豫、彷徨，仿佛一条缺氧的鱼。

其实罹患婚前恐惧症的，哪里只是他一个？看看《安娜·卡列尼娜》上列文结婚的那一段，那就是伟大的列夫·托尔斯泰的亲身经历。

卡夫卡把自己放到煎锅上煎熬了数日之后，最终选择了临阵脱逃！——订婚一个半月后，在他单方面强烈要求下解除了婚约。同时他开始了《审判》的写作。

他给费丽丝写信坦白心迹："我经常想，我最理想的生活方式是带着纸笔和一盏灯躲在一个宽敞的闭门杜户的地窖最里面的一间里，饭由人送来，放在离我这间地窖很远的第一道门后。穿着睡衣，穿过地窖所有的房间去取饭，将是我唯一的散步……那样我会写出怎么样的作品啊！我将从什么样的深处把它挖掘出来啊！"

天老爷呀，这个样子你还结啥子婚呀！就算你有做老鼠的爱好，和你结婚的女人也不会仅止于给耗子当厨娘就满意吧？

在日记中，他这么写道："我当时不能结婚。我身上的一切都对此起来反叛，我一直以来多么热烈地爱着费。主要是由于我的作家工作的考虑，是它挡住了我，因为我相信婚姻对这一工作是有危害的。"

费丽丝·鲍尔能说什么？恨他？气他？骂他？鄙视他？更多的可能是一种难堪。她不肯承认，却也不得不郁闷地告诉自己：对这个已经年过三十的、以写作为唯一乐趣的老男人来说，从婚约中突围出来，最根本的原因，还是对她不够爱！

她知道他爱她，但是，卡夫卡更爱的人是他自己！不会昏头昏脑、不会欲火中烧，亦不肯拿自己的身体与心灵去和她度明天。说是因为文学，其实是为了维持自己很久以来形成的生活方式。

同为热爱写作的人，其实我倒很欣赏第一次突围成功的卡夫卡。我欣赏他作为年轻男人的自控能力。地球人都知道这句话："再愚蠢的女人恋爱起来都很精明；再精明的男人恋爱起来都会变傻。"子曾经曰过：少年之戒在色。是说少年人的性情不稳定，很容易迷恋女色，从而荒废学业。你也知道，这个“女色”嘛，自古就是最难抗拒的诱惑，连“英雄”都很难过。(虽然费丽丝不是大美女，她总还是个年轻女人嘛）咱们的卡夫卡却能在彻底晕掉的最后一刻，用理智的心灵勒住了奔向婚姻的身体，除了对不起人家姑娘以外，还真得给这个忠于自己的人赞一个:“嗯，是个有脑子的家伙，知道自己最想要什么！”

可是，接下来他再做的事情，就让人无语啦：自解除婚约后虽然再没有照面，他们还依然保持着通信联系。这典型的黏黏糊糊藕断丝连且不论；谁承想，两年之后，在一家疗养浴场两人意外重逢后，爱火嗖地再度熊熊燃烧起来，卡夫卡第二次和人家订了婚，并且甜蜜蜜地约定等第一次世界大战结束后马上就结婚!

本来嘛，爱是不易忘记的，再为冯妇也未尝不可，反倒能说明卡夫卡对这份感情的在意。精神世界能够共鸣，物质生活有所附丽，那些日子，当是年轻的卡夫卡最快乐的时光吧？所有人都等着要喝他们的喜酒了，让人抓狂的是，又是到了婚期临近前夕，借着得了肺结核的由头，他老先生又一次和人家姑娘解除了婚约!

唉！费丽丝·鲍尔前世欠了他三百担今生来还？！谁家姑娘能受得了这般耍弄?

卡夫卡在和费丽丝分手后哭了，他呜呜咽咽地说:“难道非得这样吗，非得让这一切发生吗？”他说他成年后所有的哭泣加起来也没那个下午哭得多……这是个什么男人呀！这种小男人连给他一巴掌都不配!

我若是费丽丝·鲍尔没疯也得被气傻了。可是她到底还是个有教养的女孩子，没有山重水复的追问、没有排山倒海的愤怒，她已经交付出去的爱，沦为笑柄，变成了人们茶余饭后的谈资。在他们那个时代，奥地利的风气并不比中国的小乡镇开明多少。这场达四年之久的恋爱带给她最丰厚的成果就是卡夫卡写给她的情书，汇编起来有750页之多。后人把它作为研究卡夫卡内心世界的重要依据，可是作为当事人，这些东西在当时有什么用呢？

卡夫卡把自己两次同费丽丝解除婚约视为他最终没能成为一个正常人的证据。

的确如此，他这个人倒是一直很有自知之明。和那个“砍头怕痛，锄头怕重”的张岱一样，爱舞文弄墨的男人通常说来是一群整体上“不大正常”的男人：心理脆弱得要死，生理也好不到哪里去。眼皮子高到天上，手却低得没处搁。忧心忡忡，小肚鸡肠，临风洒泪，对月长吁。心肠永远软得赛稀泥，可是只要他感觉到手里的那支笔受到了侵犯，突然就会变成钢铁战士，六亲不认……卡夫卡就是其中最具有代表性的一个。

每一个人都是天性与环境的产物。

世人都知道卡夫卡有个好可怕的老爹，就因为他这个老爹害得他成为“订婚卡夫卡”和“毁约卡夫卡”——真是这样吗？

这个白手起家的壮汉固然是对儿子打小进行了“专横有如暴君”的家长式管教，可是看到儿子那种天生的孱弱、抑郁、敏感、脆弱，就爱弄个既不能吃又不能喝的“文学”，天下有几个在社会中下层苦苦奋斗的父亲能欣赏呢？而作为一个其实深谙自己缺乏雄性力量的男孩，卡夫卡一方面十分崇拜、敬畏父亲；另一方面，他一生都生活在强大的“父亲的阴影中”。

他们俩压根就是南辕北辙的两种人，身为现实主义者的父亲最大的“不幸”在于他生了这么一个将文学创作看成高于一切的儿子。“哀其不幸，怒其不争”，可是他倒也对他不放弃。他用自己的意志逼着儿子在这充满变数、充满艰难的人世间学习“正常的生存”，所以他“下旨”要 1901 年进入布拉格大学学习德国文学的卡夫卡改修法律，这“囊包”儿子倒也还会读个书，1906 年获得了法学博士学位。凭此，卡夫卡一生过着衣食无忧的“小职员”生活。(哼哼，拥有博士学位的他是“小职员”，我们大家是什么？）——父亲错了吗？——“卡夫卡博士、卡夫卡博士”第一次听到人家这样称呼自己那个打小就不成器的儿子，犹太商人父亲有没有骄傲得偷偷抹一把泪？

当年从文学系转到法律专业的时候，年轻的卡夫卡可能都要心如刀割头撞墙呢。很久很久以后，当他长大成人进入肉搏的社会，当他以一种审判者的眼光写下一篇篇文字的时候，深夜里他有没有看着父亲已经衰老的面容，悄悄地湿了眼睛？他不得不承认“他应该也算是一个很有爱心的父亲”。在他的作品《判决》中，格奥尔格在临死时表示他一直爱着父母……

作为儿子，他最终还是原谅了一门心思为他好的父亲；可是轮到他自己，他却始终拒绝做一个父亲。

因为他知道自己的孱弱。

他不愿意也不能够给自己孱弱的肩膀上增添任何负担。妻子和孩子就是普通男人一生一世都要挑着的担子。

“毁约卡夫卡”其实不是不喜欢女人。他短短41年的生命中，和好女孩恋爱、间或宿娼，女人从来就没有淡出过他的世界。他只是和几位著名的文学老单身汉如屠格涅夫、福楼拜等一样，抛弃了被福楼拜称为“人生共同线路”的婚姻。因为拖儿带女的婚姻生活与投入的写作似乎是水火不容的：写作要求自由的意志、自由的时间，而妻子孩子在某种意义上说就是没完没了的责任与束缚。

第二次突围，意味着卡夫卡挣脱世俗囚禁男人的牢笼，让自己学会勇敢、学会独自飞翔。

这是对生命沉思之后的慎重选择：在爱“他人”与爱“自己”之间，他听从了内心的回音：不能妥协，必须忠于自己、忠于自己的决定！

这位小个子的孱弱男人，其实是个彪悍的狠角色，宛如真的勇士，敢于直面惨淡的人生。因为坚持真实，不但需要勇气，同时还需要能力，有能力判断哪些是真情实感，哪些是不由自主地将自己套进了情感或情绪的公式，否则，很容易将模仿来的身段，当成自己独特的风姿玩赏不已。

自此，卡夫卡躲入“洞穴”深处，以一种个人式的、忧郁的、孤独的情绪，写下了一部部具有象征意义的作品：《判决》《司炉》《变形记》等以及三个未完的长篇《美国》《诉讼》《城堡》，使这个孱弱的小个子最终成为西方文学史上“最强大的壮汉”之一。

在绝对的孤独中，与文字不离不弃，和自己的心灵不间断地对话，成为卡夫卡最理想的姿势。热腾腾的街市，密匝匝的人群，只能使他相信：“我们都是他者，而我们应该成为我们自己。”

只是他和那些生来就是为“历劫”才到人世走一遭的精怪一样，41 年的人生未免是匆匆太匆匆！都说，年龄会让铁石心肠的人柔软起来，如果他活到七老八十，会不会向写作之外的凡俗人世缴械投降？

会的。

卡夫卡在生命的最后一年疯狂地爱上了一个叫多拉的女子，他第三次郑重地向一个女人求婚。可惜，这一次是多拉的父亲拒绝了他。——八字不合？月下老人没拴绳子？不管出于什么原因，不管他乐不乐意，卡夫卡是将“剩男”做到底了！

死亡之神带着卡夫卡从他在人世间最后一次打算进入的婚姻城堡中突围出来。

在葬礼上，卡夫卡“看着”多拉不顾世俗伏在自己已经僵硬的身体上痛哭，他那颗既冷漠又火热、既需要孤独又渴望温情的心重重地响了一下，砰地裂开，变成了一颗寒冷又明亮的星……

他这个人一辈子对人间情爱是持怀疑态度的，此刻，就算他仍旧不相信他人的爱，至少这个年轻女子的眼泪是出于对他的真感情吧？

此生只为一人来

“我爱你我爱你我爱你我爱你！……”听说，这是世上所有女子一辈子最爱听的三个字，听一百遍一千遍一万遍都没问题。

是吗？我是女子，但并不是所有时刻都爱听哦。若是自己喜欢的人说，那毫无疑问，我会心甜意洽；若是不中意或是讨厌的人，莫说是听他说出这三个字，便是连见到他的影子都唯恐避之不及呢。那么，如果这个人在我明明白白拒绝了他以后，仍然不停地嘟囔我爱你我爱你，而且一嘟囔就是二三十年，你猜我会怎样？

嘿嘿，姑娘我哪里会让你啰唆一辈子？恨不得手起刀落孙二娘呀！

茅德·冈就是这样被“逼上梁山”的。

1889 年 1 月 30 日，对于都柏林大剧院的女演员茅德·冈来说，是个平凡的日子，而对于一个名叫威廉·巴特勒·叶芝的爱尔兰小伙子来说，却是犹如宝玉初见林妹妹，就此得上了痴病。那一刻，她“伫立窗前，身旁盛开着一大团苹果花；她光彩夺目，仿佛自身就是洒满了阳光的花瓣”。——1 月 30 日在爱尔兰会有苹果树开花吗？诗人既然这样吟了，那就当它有吧。也许是在温室里种出来的盆景？其实用鲜花来形容少女之美，一点都不算有创意，可是就因为是大诗人叶芝写的嘛，那也就当它独特好了。总之，这个大美女漂亮得不得了，据说大戏剧家萧伯纳仅与她有过一面之缘，就对她的美貌念念不忘呢。怎难怪叶芝说：“我从来没想到在一个活着的女人身上看到这样超凡的美。”

茅德·冈对此不以为然，一笑了之。对女演员一见钟情的粉丝，她见得多了。这样的动心只怕日日都在上演。我们不也都是从对偶像崇拜的年代走过来的吗？这种感情，固然是很纯、很真心，但，谁会把它硬往自己的生命里套呢？

这位就是后来被西方评论界称为“最后的也是最伟大的一位抒情诗人”、最终获得诺贝尔文学奖、当初只有 24 岁的大学生叶芝。

从那一天开始，他拿出疯狂粉丝死追偶像的劲头，对这个漂亮女人来了一场长达 28 年的死磕！

起初，年方 22 岁的她肯定是抿嘴偷笑来着。对这种相貌英俊、家世清白、人品不错、还能写几首小诗的年轻小帅哥，女人多半都不会彻头彻尾地讨厌他，看着他傻乎乎冒纯情的样子，多半还会有些怜惜他，把他当成一个可爱的小玩意儿，宠他、惯他，听他激情澎湃念诗时，装作好天真的样子崇拜他……这一套，甭说是职业演员，就连我都熟稔。有什么不对？于时，他未婚我未嫁，一个是琅苑仙葩，一个是美玉无瑕，“长沟流月去无声，杏花疏影里，吹笛到天明”。青春，不是就该这样吗？

而且，在这个时候，女子是不考虑婚嫁的。她只把他当朋友。所以聪明的话，最好不要和这女孩谈结婚的“俗事”，一谈就大煞风景不说，很可能还会失去这位佳人！她不检讨自己对你处处留情，反而觉得你“动机不纯”！可是男子被爱情的火苗熊熊燃烧着，哪里能够分辨得出所谓友情和爱情的界限？他一门心思地早就以为这女孩非他莫属了呢！

1891 年 7 月，不知道茅德·冈给叶芝写了一封什么信，使叶芝误以为她对自己做了爱情的暗示，立即兴冲冲地跑去，第一次向茅德·冈求婚。那情形估计和《少年维特之烦恼》里的维特差不多吧？遭到“绿蒂”拒绝的叶芝，之所以没有跳河、撞墙、开枪、喝药，乃是因为美丽富有的大小姐茅德·冈说她虽然不能和他结婚，但希望和叶芝保持友谊……

“保持友谊”，这是女性典型的藕断丝连心理不是？却也不能怪她，我喜欢你，但是不到爱，我有什么法子呢？

碰到这种情形，爱得不够深，或是自尊心格外强、脾气特别火爆的男人，多半门一摔就走掉了！牛什么呀？大丈夫何患无妻？天涯何处无芳草？！

可是叶芝是一个……茅德·冈说他身上有一种“女人的气质”，这也就是俗话说的“娘娘腔”啦！这恐怕是茅德·冈始终不能嫁给他的主要原因。

叶芝出生在一个非常具有艺术气息的家族。画家父亲让儿子在都柏林大都会美术学院学习绘画，业余嘛就是读读莎士比亚啦，和文艺圈的愤青谈天说地啦，靠着年轻人的梦幻意识写个关于神祇与女神、王子与公主、殿堂、孔雀与神秘的莲花等的抒情诗啦什么的，一句话，他是贾宝玉之类的温室小花朵。这样的男孩子若是没有几分脂粉气那倒还奇了怪了！

茅德·冈这个美貌如花的女孩，虽然生活在都柏林的名利场里，却因为出生在驻爱尔兰英军上校之家，很有可能从小就受到了花木兰式的教养。

信奉新教的英国和信奉天主教的爱尔兰从历史上就毫不浪漫地打来打去。当年克伦威尔派了 20 个骑士带领 1000 个英国兵过去，眼睛都没眨就杀掉一半爱尔兰人；一部分幸存者飞快地逃到美洲去，留下来的部分人演变成了老爱闹革命的“爱尔兰共和军”，这帮人的民族情绪奇强，而且酷爱摆弄炸弹，风景优美的爱尔兰直到今天都随时可以听到为了所谓主义炸得地动山摇的声音。

茅德·冈因为她的家庭出身，很早就成为爱尔兰自治运动的领袖，她可不是只迷恋琴棋书画的林妹妹，而是一位坚定不移的民族斗士！这样外柔内刚的女孩，怎么会甘心嫁给文雅柔懦、只知道躲在象牙塔里吟风弄月的小叶芝呢？

所以，1900 年，她第二次拒绝了叶芝的求婚。1903 年她嫁给了爱尔兰军官麦克布莱德少校。相似的身份，相似的政治立场，使这场婚姻打从头起就洋溢着激情燃烧的主旋律，国家、自治、共和、革命……这些伟大的词汇奔涌而至，取代了庸常岁月的卑微苟且，她与那庄严肃穆的气氛融为一体。这样美妙的感受，让她如何不对那崇高的境界心存向往，并热烈地捍卫？

叶芝因为她的嫁，真可谓肝肠寸断。这是他的初恋，这是他的第一次情动，不管那个女孩怎样对他，不管她在哪里，他都忘不了她！

他以一种犹如“杜鹃啼血猿哀鸣”的方式不停地为她写诗。《他希望得到天堂中的锦绣》《白鸟》《和解》《反对无价值的称赞》……都是叶芝为茅德·冈写下的名篇。这些诗，有的充满怨恨、有的充满失意、有的饱含深情、有的如梦如幻。像春天漫漫飞舞的花瓣，迷迷蒙蒙、袅袅娜娜，与尘世相依相恋，满心都是痴嗔贪枉。他还以她为原型创作了生命中第一个重要剧本《凯丝琳女伯爵》。在剧中，凯丝琳将灵魂卖给了魔鬼，好让她的同胞免于饥荒，最后上了天堂……

只无奈“坐客飞觞红日暮，一曲哀弦向谁诉？”。最想的那个人，人家不看、不听，作为一个已经嫁作军人妇的女子，这种所谓的痴情，很可能还会让她很尴尬、很不愉快。即使，她知道叶芝为了她，甚至渐渐走向了新爱尔兰民族主义派的道路。1900年之后，叶芝的诗歌由以想象题材为特征的风格渐渐转向关注爱尔兰现实的角度，作品显出了斗志旺盛的力道，如《责任》。任谁都看得出来，这个原本浪漫羞怯的男孩子已经成长了。

他也曾经做过努力让自己重新开始新生活。1903 年叶芝动身去美国进行了一场漫长的巡回演讲，这段时期他和奥莉维亚·莎士比亚恋爱了，可是没到一年就分道扬镳了。世间再好的女人给他都不成啊，只因为她不是那个人！

机会终于来了。

时间到了 1917 年，茅德 · 冈的丈夫因为政治原因被处以极刑。四十上下的茅德 · 冈成了寡妇。她与夫君不是一个战壕里的吗？何故会轻饶了她？大约审判官也如我一样，宁愿她如一树深涧桃花，简静而照人，也不愿她热热闹闹地开在铁血沙场上吧？

琵琶一曲肠堪断，风萧萧兮夜漫漫。茅德 · 冈的人生自此来了个大转折。那曾经扬眉剑出鞘的刀马旦，此番该低首归心了吧？不为别的，只为眼前的这个人已经不离不弃地爱了你二十多年，你难道仍然不能感动？让叶芝痛彻心扉的是，这个有力的女子，不爱与爱一样坚定，她第三次拒绝了他的求婚！

叶芝究竟有哪里不好呢？此时此刻，从世俗的角度看他已经是功成名就：他是爱尔兰文艺复兴运动的领导者，是著名的艾比剧院董事会成员，后来还是爱尔兰自由邦参议院议员；他的诗歌广为流传、他的戏剧场场爆满；最重要的是他一直未婚，一根筋地只爱你茅德 · 冈呀！你为什么，为什么要这样折磨他？

何况茅德 · 冈对叶芝并非绝无情愫。比如说吧，1908 年 7 月的一天，茅德 · 冈从巴黎寄来信件，说她被一种感觉抓住了：“昨天晚上我有一个美好的经历，我必须马上知道这种感觉你是否体会到？怎样体会到的？”她在信中这样写道：“昨天晚上十一点一刻，我穿上了你身体和思想的外衣，渴望着来到你的身旁。”——你看看，这什么话嘛，简直就是挑逗！注意，这会子她可已经结婚了哦！

看到这样的句子，叶芝能不心跳吗？他将这封信仔细地粘在了上等白色羊皮纸笔记本上，大约天天晚上都枕着它入梦吧？（若干年后他去世，家人捐献的遗物里，这封信成了最惹眼的一个看点。茅德·冈若有知，大约也会后悔不迭。）然而，调情归调情，她仍然坚定地说，不嫁！

她对叶芝的感情，应该归为第四类情感：比友情多一点，比爱情少一点。而叶芝对她，却是情到深处无怨尤。

可是啊，正如歌中唱到："山川载不动太多悲哀，岁月禁不起太长的等待。一世的聪明，情愿糊涂，一身的遭遇向谁诉。爱到不能爱，聚到终须散"——这一次被拒，叶芝独立苍茫，他知道，这是他俩今生最后一次机会，错过了，将再也没有可能……

被巨大的沮丧感深深笼罩的叶芝，许是脑筋出现了问题？在茅德·冈拒婚之后没多久，他突然做出了一个惊世骇俗的举动，他开始向茅德·冈年轻的养女伊莎贝尔求爱！

是求之不得，退而求其次？

是想通过年轻姑娘的青睐来确定老男人的魅力？

是幻想着一旦娶回这个大姑娘准把那个半老徐娘气倒？

总之，我们的大诗人就这么做了！难怪有话道"世人愿意原谅三种人：诗人、醉鬼和小孩"，诗人嘛，他的行事若是和常人一样，请问滔滔诗行从何处来？

惊骇不已的伊莎贝尔当然斩钉截铁地拒绝了他！就算没有她老妈的这档子事，年轻女孩也很少会有欣赏夕阳红的眼力的，何况她老妈还杵在那儿哪！

同年，52 岁的叶芝终于疲惫了，也认命了，放弃了那母女俩随便找了个女人结婚了。他自嘲地在诗里说："人上了年纪，就一文不值了，就像木桩上一件破旧的衣服。"28 年的爱情长跑终于到了终点，但终点不是原来的那个终点。

茅德·冈大约是从叶芝移情别恋养女的那一刻起，就更加习惯了对叶芝说不。叶芝在 1923 年获得了诺贝尔文学奖，她连眼皮子都不眨一下；他生前的最后几个月，写信约她出来喝茶，她断然拒绝；直到 1939 年 74 岁的他死掉，她都坚决拒绝参加他的葬礼。

世上对爱情终身执着，却又无法得到哪怕是一点点回报，只有叶芝一人了。谁说得不到才是最好的？他用心地爱了她那么多年，密密匝匝的情意连缀起一生的光阴，到头来，在她心里他什么都不是。

此生只为一人来，却白费了一世的心。

无语。只能是无语了……

此时再来品读叶芝蘸着泪为她写下的这首最著名的《当你老了》，真是让人惆怅到极处，真的，还能说什么呢？

当你老了，头白了，睡思昏沉，
炉火旁打盹，请取下这部诗歌，
慢慢读，回想你过去眼神的柔和，
回想它们过去的浓重的阴影；

多少人爱你年轻欢畅的时候，

爱慕你的美丽，假意或真心，
只有一个人爱你那朝圣者的灵魂，
爱你衰老了的脸上的痛苦的皱纹；

垂下头来，在红光闪耀的炉子旁，
凄然地轻轻诉说那爱情的消逝，
在头顶的山上它缓缓踱着步子，
在一群星星中间隐藏着脸庞。

乌夜啼

哈尔滨暴雨如注！松花江水位告急！

“快点付清房费给我滚！不然明天就把你卖到窑子里！甭和我说什么你先生回家取钱就来的话！人呢？人呢？这都等他多少天了？告诉你甭瞎指望了！他跑了！他肯定是不要你了！”

“不会的！我怀着他的孩子！他怎么可能不要我们母子？”

哈尔滨东兴顺旅馆的老板露出一个恶毒的笑：“你又不是人家明媒正娶的夫人，那汪少爷不过是玩儿玩儿你！弄大了肚子拍拍屁股走人！你还做梦呢！你又不是什么花容月貌，卖到窑子里，都怕不够我这六百块钱房费呢！”

大着肚子的女子，一头扎到床脚上痛哭起来……

窗外的大雨瓢泼一样往下浇。到处都能听到人惊慌失措地在喊：“又涨了！又涨了！松花江又涨了！”1932 年 6 月至 8 月上旬近 70 天，整个松花江流域一直阴雨连绵，其中 7 月份哈尔滨市降雨日数达 26 天。

在阴沉的低空下，这个当时名字叫作张乃莹、后来改作萧红的女子，除了号哭、怨命，你让她还能做什么？

她是出生在黑龙江呼兰县教育界官员家的大小姐。虽然生母早逝、父亲冷漠，但备受祖父疼爱的她，一直酷爱读书。在哈尔滨东省区立第一女子中学毕业后，任性的她不顾家庭反对，于1930年秋天在表哥的帮助下，偷偷跑到北平进入女师大附中。北平！女师大附中！这些，对于当时的女孩子来说，犹如我们今天对北大、清华的向往。她是那么兴奋、那么努力，她以“悄吟”为笔名积极地给校刊投稿……20世纪30年代的东北在军阀割据和日本蚕食下日渐衰亡，可是萧红却迎来了她青春时代最幸福的时光！

可惜，好光景只有一年。

她是在13岁上就由父亲做主许配了人家的。父亲尽管素来对她不亲热，但是在女儿的婚事上是相当认真负责的。他给她选择的丈夫是呼兰县驻军邦统汪廷兰之子汪恩甲。家境富裕，读书识字，长得一表人才，只比她大两岁……这个条件，就是放在今天，也是门不错的亲事，父亲何错之有？可是一直到现在，关于萧红的履历上，人们还在说：“为了反抗包办婚姻，萧红最终走上逃离地主家庭的道路。”——那个时代，不包办的婚姻有几桩？可是，这个任性的女儿，就是因为多读了几天书，无缘无故、没头没脑就是“不愿意！”

为什么不愿意？她也说不出个子丑寅卯，反正就是个不听话。不听话的女儿偷跑到北平上学，男方也不愿意了。订了婚就是人家的人了，你到花花世界去上什么大头学，让我堂堂汪家的脸往哪儿搁？

经济制裁下，只一年就让她断了继续在北平上学的路。1931年1月，萧红寒假返回呼兰，被软禁在家中，逼婚形势日益激烈。这个倔强的女孩子，熬到2月底，居然又偷偷弄了一点点钱去了北平！

父亲的震怒，婆家的愤怒，她不是不知道，可是谁能挡得住一颗火热的向往大城市生活的少女的心呢？她是读了书的女孩，她真的不甘心这么早早地嫁人生子。她讨厌生孩子，她看见的其他呼兰女人也讨厌生孩子。就连她的亲生母亲，因为重男轻女，不也对她从来就不喜欢吗？而读书，如果读到女子师大毕业，她就可以自立，不嫁人或者就算是嫁也要嫁给有爱情的人……

这些朴素的想法，都没有错。只是难为了她的父亲。如果他们能够坐下来平心静气地沟通——不，没有那种可能。因为父亲的思想还没有到达那种境界——何况，就算是他到达了，“退婚”是绝对不可能的，双方都丢不起那个人，最多他能帮她拖延。而拖延，事实上他已经为她做过了，没有个一而再、再而三的道理啊。她不小了，这时候的萧红已经20了！20岁未嫁，在当地已经是“骇人听闻”了！

萧红再次跑了，有个人在痛苦了很久之后拔腿去追。

这个人就是她的未婚夫汪恩甲。

他轻易地找到了她。因为没有钱，她在学校已经待不下去了，他的到来，刚好能够把她带回去。1931年3月中旬，萧红与未婚夫一起离开北平回哈尔滨。这次赴京，前后不到一个月。

她一直是不想嫁人的，尤其是嫁给同乡人。她从小外出读书的真正心愿不就是想远远离开那个破破烂烂的呼兰县城，离开这些和她吃一样东西、说一口大渣子话的同乡人吗？可是，当年轻英俊、身材高大的汪恩甲出现在北平时，多多少少具有些“英雄救美”的色彩，那一刻起她还真是不讨厌他！如果没有斜刺里出现的这件事，也许回去后他们也就正正常常地男婚女嫁了。

就像命运存心要捉弄她一样，恰在此时，一个拦路虎跳了出来。他就是汪恩甲的哥哥汪大澄。

这老兄不能替父从军倒能代弟行事：他早就不满萧红去北平读书，便出离愤怒地代弟弟解除了和这个“浪女”的婚约！

这是个什么事嘛！“大伯子”休“小婶子”？父母尚在，你算老几？当事人还没吭声，你放的是哪门子屁？

萧红也不是个吃素的，把汪大澄一状告到法院去。人家念过书、见过世面的姑娘那会儿就知道“拿起法律的武器保护自己”！

这个案子太简单了！几乎不用审，三曹对案，只要一问当事人汪恩甲，他多管闲事的汪大澄不就灰头土脸败下阵来？

却不料，灰头土脸败下阵来的是萧红。

她万万没有料到，汪恩甲——负了她！

为顾及哥哥的声誉，他当庭违心承认解除婚约是自己的主张，与哥哥无关。

“上阵亲兄弟，打仗父子兵”，“兄弟是手足，妻子如衣裳”。

萧红输掉了官司，输掉了婚约，也输掉了真心喜欢她的这个男人。

声名狼藉的萧红无奈地回到家。可想而知迎接她的是什么……忍了大半年之后，10 月的一个夜晚，她再次出逃。这一走，她再也没有回头。家，永远地抛弃了，随之抛弃的是旧式家庭所有的一整套礼教。

萧红来到哈尔滨，主动找到汪恩甲，把自己献给了他！

是因为他曾经是她的未婚夫？是因为他等了她多年？是因为和汪家怄气所以不顾一切想把这个人抢回来？是因为即使他上次负了她她依然还是爱上了他？是因为实在走投无路，与其找不相干的男人堕落不如找个有家底的？……也许这一切都是理由，也许只是因为她爱他，不管怎么说，“子君”勇敢地和“涓生”在道外十六道街东兴顺旅馆同居了！

那是 1931 年！时光过去了七八十年，公然和人同居尚且不是个体面事儿，何况当时哉！可是“子君”当时说了：“我是我自己的，他们谁也没有干涉我的权利！”

好，所以，父母当时要她体体面面嫁他，她不嫁；现在父母家人不要她嫁，她又非他不嫁。这个女孩子就这样奉行了这绕口令般的逻辑。

鲁迅在《伤逝》中借“涓生”这个男人之口说：“……我也渐渐清醒地读遍了她的身体，她的灵魂，不过三星期，我似乎于她已经更加了解。揭去许多先前以为了解而现在看来却是隔膜，即所谓真的隔膜了。”同居后，萧红很快怀孕，待产前，汪恩甲借口回家筹钱，把她丢在欠了半年房租的东兴顺旅馆里，一去不复返。

她第二次被他负。输得血本无归。却是只能打掉牙齿和血吞。

绕树三匝，何枝可依？

这个明天就可能被旅馆卖进窑子的女子，在最绝望的时刻，把“文学”当成她最后一根救命稻草。

没有多少指望，却不料这根稻草改变了她一生的路径。

她给哈尔滨《国际协报》副刊编辑主任裴馨园写了一封求助信，并附上了一首小诗“这边树叶绿了，那边清溪唱着。姑娘啊，春天来了，春天到了”。这似乎信手拈来、妙手偶得、却又有着质朴清新力量的小诗打动了老编辑的心，他立刻派属下前去探望这个落难的文学女青年，这些人当中出现了一个萧红生命中最重要的男人——萧军。

因了她那星星点点的才华，他对这个即将临盆的女子几乎是一见钟情。他说，陡然出现在面前的她是“我认识的女子中最美丽的人，也可能是世界上最美丽的人”。——一个怀着野种的大肚婆是世界上最美丽的女人？他眼神有问题吧？也许。情人眼里出西施嘛。

而她对于他——有什么爱可言？最多只是因为“被爱”而产生的感激之情！

真的应该感激啊！咱这个样儿，人家不但不嫌弃还有了爱——哪个女人能不感激涕零？“生死就是他了！”那时候她一准儿是这么决定的！拥有多项选择的时候，人往往踌躇不定；山穷水尽之时，还有什么犹豫可言？

她迅速地响应了他。接下来的问题就是如何脱身。

那 600 块钱的巨额房费，难倒了所有人，却难不倒老天爷。许是为了成全她，连着三场暴雨后松花江溃堤。仅黑龙江省受灾农田面积即达 2850 万亩，毁坏房屋 8.6 万间。哈尔滨市濒临松花江，受灾最重，决口 20 多处，市区受淹长达一个月之久，繁华的道里、道外区一片汪洋，街道行船，全市 38 万人口中有 24 万人受灾，淹死、病死的灾民达 2 万多人，财产损失合 2 亿银元。

大水淹没东兴顺旅馆一楼，老板等行动利落的早跑了个精光，这个大着肚子的女人被萧军救走，正式开始了他们的倾城之恋……

如果人不需要吃饭、穿衣、住房、看病，只需要作诗写文章跳舞唱歌恋爱就好了！可惜呀……在她的《饿》这篇散文里，关于那一段生活她写下了这样的文字："我拿什么来喂肚子呢？桌子可以吃吗？草褥子可以吃吗？"她的萧军萧三郎拼命四处打工，甚至教人练武来赚钱养活她，然而，"大列巴"似乎总是在别人的门把手上飘香，而她躺在铺满稻草的床上，咽着口水幻想着怎么把"大列巴"偷过来……

一个多月后，孩子生下来了，送给了医院，折算成住院费，才了结了这一段孽缘。也好……

虽说是贫贱到"野蔬充膳甘长藿，落叶添薪仰古槐"，这对苦命鸳鸯倒也没有百事哀，恰恰相反，他们度过了一生中最恩爱的时光。萧红买糖，一人只能一块，一个红舌头，一个绿舌头，童心未泯的她开心地挑选着，大笑着……他出门，她总是追赶到门外问："什么时候回来？什么时候回来？"俩人一块走，萧军永远在前大步流星，萧红在后紧跟不迭，可是她还是快乐……

她甜蜜蜜地端详着他，他就是那样的一个男人嘛！刚毅、火爆、热情，爱起来不顾一切，生气了，他就动粗打老婆……没关系的，东北男人都那样……后来，在她的《生死场》和《呼兰河传》里她不都写了吗？她们那儿的人都那样：女人没死没活地打孩子，男人没死没活地打老婆。他们"蚁子似的生活着，糊糊涂涂地生殖，乱七八糟地死亡"……她又不是唯一一个……只要三郎不喝酒、不生气，他对她还是可以的嘛……何况，他是那么鼓励她的写作！他说，你是有才华的！你应该写！你会是一个了不起的大作家！……这些话大大激励了这个22岁的女子，天才的她果真拿出了《生死场》这石破天惊的作品！这个只有初中学历的女子用悲凉深刻的笔触不仅描写了东北人熟视的生死，更是写透了我们贫瘠的中国人对生死的不能承受之轻。那种对这个民族、对人性和人类生存的一种通达的却又是无可奈何的悲情，使《生死场》的意蕴具有普遍的意义，从而产生了永远的价值。《生死场》是1935年萧红献给历史、现在、未来永恒的经典！

为了纪念和萧军的这段情，出版时她第一次使用了"萧红"这个名字，从此不再改。

可是，一炮走红的光景不能让她再掩耳盗铃地享受着和生活一样捉襟见肘的爱情了……有一次，朋友问萧红的脸怎么肿了，萧红说是自己跌伤的。萧军冷笑道："别不要脸了！什么跌伤！还不是我昨天喝醉了打的？"……

萧军为什么打她？打了之后为什么还要用这种口气？——他不是一个粗野的武夫，他可是写过《八月的乡村》、是“东北作家群”的著名代表人物，如果没有原因，他怎么会如此这般公然侮辱自己的老婆？

最可能的，是这个女人做了该挨揍的事儿。

是不是因为——鲁迅？——哦，我简直不敢写下这个令人敬畏的名字。

可是，当时毛主席还没有评价他是伟大的无产阶级文学家、思想家、革命家，是中国文化革命的主将，是“民族魂”……他只是一个走在时代前面的大作家，是一个有钱有权势有魅力有才华的半老男人。在萧红的《回忆鲁迅先生》一文中，逐句去看，我发现了好多耐人寻味的细节。比方说，她细细地讲鲁迅先生对她穿衣戴帽扎头绳的情形——一个男人如果对一个女人没有兴趣，他才懒得管她穿红还是着绿；而一个女人如果不是得到了那个男人的某种暗示或明示，她怎么可能“每夜饭后必到大陆新村（指鲁迅家）来了，刮风的天，下雨的天，几乎没有间断的时候”？更何况还有明打明的炫耀：“有一天下午鲁迅先生正在校对着一本别人的著作，我一走进卧室去，从那圆转椅上鲁迅先生转过来了，向着我，还微微站起了一点。‘好久不见，好久不见。’一边说着一边向我点头。刚刚我不是来过了吗？怎么会好久不见？就是上午我来的那次周先生忘记了，可是我也每天来呀……怎么都忘记了吗？周先生转身坐在躺椅上才自己笑起来，他是在开着玩笑。”

这玩笑是不是当时只有他们两人才能意会？当此之际，她该是多么自得与欢喜！

鲁迅喜欢萧红，这不是秘密。他欣赏她的才华，他把她当后辈看；问题是，萧红对鲁迅——难不成她还能把他当老爹看？

她一定是非常非常深地迷恋他、爱他！迷恋他那种阔绰的生活、迷恋他的声望才华、迷恋他对她的那种复杂的难以言表的爱……这情形，瞒得了别人瞒不了萧军。

20出头就写下了《生死场》的萧红在生活中是一个什么样性情的女子？——曾经有朋友这样评价我说："你是一个超级天真又超级世故，超级迟钝又超级敏锐，超级愚笨又超级聪慧，超级节俭又超级享受的人！"拿来说萧红，简直是恰如其分！——不是我厚颜自比萧红，而是我越来越了解写作的女子原来是如此之相同，她们，就是我们。谋生的同时更谋爱，对于爱的需索与要求，永远无止境。而萧红，因为天性中任性恣意的成分更多了些，所以，她一生在爱情面前都是吃着碗里看着锅里，简直像一个记吃不记打的孩子。

萧军那种血气男儿，对此岂能轻饶她？！她是他救起的，可以说她有今天也是他一手成全的，你现在刚红了些，整天往有妇之夫家里钻，惹得人家老婆许广平后来都写文章说周先生感冒都是因为陪她这个客人坐着所以才着了凉！这，分明是一种委婉的指责，焉知不是一种暧昧的吃醋？

一次劝，不听；两次劝，不听——萧红打小就不听话，连她爹的话都不听，她能听你？所以行伍出身的萧军就以耳光伺候了……这些东西，他们没有谁对世人说过，是我，从人性的角度窥阴，未必就全无道理吧？

当时的萧红痛苦无奈又彷徨。嫁鲁迅那是绝对不可能的，何况先生早逝了；继续跟着萧军过，显见的裂痕又已太深。所以她东渡日本、回来又到西安等处……

她后来对聂绀弩说过："女性的天空是低的，羽翼是稀薄的，而身边的累赘又是笨重的！而且多么讨厌呵，女性有着过多的自我牺牲精神……不错，我要飞，但同时觉得……我会掉下来。"

打打闹闹拖到 1938 年 4 月，萧红终于对萧军说："我们永远分手吧？"萧军只回答了一个字："好！"

要命的是，一个月后，萧红怀着萧军的孩子走进了另一场婚礼！你说她是不是记吃不记打？！

这场惊世之恋的男主人公叫端木蕻良，也是东北作家群的重要一员。——仿佛那时候所有的男作家都爱慕这个女作家似的，不管她是不是别人老婆，甚至不管她是不是大着肚子！这就是文字的力量吧，尽管她不是花容月貌，不是玉洁冰清，但文字会生出魔力，把男人勾引得欲罢不能。而所有的女作家无不冰雪聪明，她们在心里冷冷一笑："如果你爱上我，那么你错了；如果你没有爱上我，那么你也错了。"

女作家在那儿纠结对错，男作家才不管三七二十一，把人弄到手才是硬道理！萧红对聂绀弩说："端木是胆小鬼，势力鬼，马屁鬼，一天到晚在那里装腔作势。"—— 一个男人，如果真的胆小怕事、趋利避害，他肯娶一个怀着别人孩子的女人？如果他不是出于爱，爱到不计前嫌、爱到不能多等待一分钟也想要和你在一起，请问，他为什么要背负着绕世界的骂名娶了你？那是真正的“墙头上跑马还嫌低，面对面睡着还想你”的境界啊！

所以，萧红嫁了他。她是明白他的。

她之所以那么和别人说，也许只是在那撒个娇，也许只是让人传话给他，也许是因为一件什么事她在生他气……总之，嫁他，她是有所期待的，至少期待和这个性情文雅柔和的人过一种正常的日子。端木是继鲁迅之后在文学上最高看她的作家。其他男人爱她，也许是爱她的浪漫；端木爱她是尊重她的作品，他崇拜她，这一点大大契合了萧红的心。长到这么大，还没有哪个男人这么崇拜过她呢！在萧军那里，她从来都是一个捡来的剩货；在端木这里她享受到了作为女人，尤其是作为作家的被尊重。那种喜悦，无法言说，只有用身体了！——整个时代那会儿还没有意识到萧红的伟大，她的寂寞如海一样深。

问题是——如果说第一次拖着大肚子跟了萧军那是因为实打实的环境所困，除了跟着他从这个旅馆逃到另一个旅馆去别无他法；那么这一次，她和萧军都知道她已怀孕，连等一等都不可以吗？尽管萧军鄙薄她的文学水平深深伤害了她的自尊心，但刚分手就又嫁他人——她有替这个孩子想过一点点吗？幸亏那孩子生下来就夭折了，那个孩子要是活下来，该如何看待这个母亲？

很多女作家都不喜欢生孩子。萧红尤其不喜欢。在她的眼中几乎就没有出现过温情善良的母亲形象，她没有这个经验。同《生死场》《呼兰河传》里的那些女人一模一样，她对孩子根本没有爱、没有感情。包括萧军，也许他们只是把孩子视为男欢女爱后的一个产物而已。可是，他们不是从石头里蹦出来的呀，他们是中国文化滋养出来的、比一般人更富有思索能力的作家呀！缘何会有这般惊世骇俗的举动？也许只有惜春姑娘的话解释得通："不作狠心人，难得自了汉。"萧红和端木闪婚，遭到了舆论一片骂名，说明他们确实是不得人心。有人恨铁不成钢地问到萧红脸上："你就不能一个人生活吗？"她怎么回答无考，那个嫁了九次的伊丽莎白·泰勒替她说："不行，难道你让我一个人睡吗？？？"

永远不愿意一个人睡的萧红，最终还是在32岁上就早早睡在了坟墓里。

她没有去西安，也没有去延安，随着端木南下，离开了主导文化阵营，选择了自由写作的生活方式，这是萧红作为女人和作家的唯一一次正确决断。倘若没有战乱、贫穷、漂泊、疾病，倘若端木爱她一如昨天，这个天才的作家也许会拿出更厚重的作品——不过也不好说，她是一位体验型、情绪型极强的作家，《生死场》和《呼兰河传》已经掏空了她的资源，视写作为生命的她，岂能没有痛苦与恐慌？尤其是当她再一次感觉到没有了爱——当她感觉到端木的爱原来也是如此短促，也许她那颗心和林黛玉一样只求赴死了。

临死前她和骆宾基——又一个崇拜她的男作家有过似乎是导致丈夫端木憎恨到死的关系——什么关系？情人？朋友？都不重要了，重要的是，当时的香港沦陷在日寇的铁蹄下，她一个人被丢在医院里，兵荒马乱，因为人穷，医院巴不得她早点咽气——

这时候，算算她离家出走的日子，刚好十年。十年间，颠沛流离，饱受被放逐的寂寞、孤独和痛苦，这，就是那个时代给予萧红的一切。而她，一生想要一个温暖的家，却从来不曾拥有。——生身父母仅仅因为她是女儿便对她轻视和无视，“女儿”作为一种性别原罪注定了萧红在父母之家的地位，也注定了她一生被封建父权专制放逐的命运。“我最大的悲哀和痛苦便是做了女人”，萧红临终前的这句沉痛的遗言，道尽了作为女性的寂寞与悲凉。

她死后，萧军、端木蕻良、骆宾基相互指责、相互争斗到老。她看见了吗？听见了吗？看见、听见又如何？也许，她只会幽幽地吟上一阕《乌夜啼》：“林花谢了春红，太匆匆，无奈朝来寒雨晚来风。胭脂泪，相留醉，几时重？自是人生长恨水长东。”

她那么看过我

作为十年“文革”里中国作家舍身殉难的第一人，老舍自沉已经过去很多年、很多年了……可是，直到今天，一想到那么儒雅、那么良善的一个书生在1966年受辱之后投湖的情景，心头就郁愤难平！

近来有人说，当下中国每天死于矿难、死于病无所医、死于贫困无着的国人比比皆是，何故要没完没了地对一个死去这么多年的人大费笔墨？

因为，老舍是一代中国知识分子的代表人物。他的死，不是他一个人的事，而是一代深陷官场、深陷政治灾难中的知识分子内心的抗争和反思。苏格拉底在审判他的法庭上曾经留下一段名言：“朋友，如果你以为一个有价值的人会把时间花费在权衡生与死的问题上，那你就错了。一个有价值的人在进行抉择时只考虑一件事，那就是他行动的是与非，他行为的善与恶。……”

梁启超说过：崖山之后，再无中国。——老舍之后，中国，也再无他那样的文人……

那天，当他被红卫兵打得头破血流，当他被押到孔庙批斗、抓到派出所受审，我想，那一刻他就算是一句话没有一滴泪没落，他已经做好了赴死的准备。

他是个读书人，他受不了这个。

也有很多读书人受到了比他还不堪的折磨，忍辱偷生活下来了。可是，人和人不一样。

所有人都说老舍是个善人。文章中幽默风趣，骨子里却是老实、羞涩。他这个人，原本对人生要得很少：一个家，一个安静写作的地方，再种点小花小草，养上只猫，就感觉一切都很好。关于命运，他承接一切。在家庭中，他力求做个好丈夫、好父亲；在事业中，他是好作家也曾经特别希望做个好领导；在世路上，他是好人、好朋友……然而这一切之一切，其实都是靠着他“委屈自己”换来的。浩劫到来，连做人最后一点点脸面都被践踏，你让他如何做得来“退一步海阔天空”？他不是韩信，他是一个可杀不可辱的文人。

而就算是被杀，也不能被恶之手斩杀；质本洁来还洁去，他笔下的好人都是死在了水里……1943年，老舍曾经在散文《诗人》里，透露出自己的生死观。文章中的诗人平常狂放不羁，不修边幅，嘻嘻哈哈，但一遇到大悲痛、大祸患时，他会“投水、殉难、身谏”。屈原把自己交给了汨罗江，波光闪闪的太平湖成为老舍最后的归宿。

据说，他在湖底的姿势是笔挺的直立。

当他在 1966 年 8 月 24 日午夜慢慢地走入水中，这一生的情景像过电影一样都来了吧？

67 年岁月，是一个伟大作家的一生，却也只是一个勤劳的、胆怯的、微笑着辛酸的普通人的一生……

1899 年，老舍生在北平一个旗人之家，取名舒庆春。次年，八国联军进攻北京。老舍的父亲身为护军，镇守正阳门，在与日本军队交战时阵亡。八国联军攻入北京后，老舍家曾遭意大利军人劫掠，当时才一岁半的老舍因为一个倒扣在身上的箱子幸免于难。父亲走后，家里没有了任何经济来源，寡母靠着给人洗袜子、洗衣服、做针线勉强为生。这个没有父亲的孩子，为了帮衬母亲，早早就开始拾煤球，提篮沿街卖樱桃，当各种小苦力……若非命中有贵人相助，他这辈子大约也就很难脱离这个阶层了。

没承想，在 9 岁上，老舍遇到了影响他一生的人——满族黄带子贵族刘寿绵。这位出家后法号宗月大师，做了无数善事的刘大叔，出资帮助老舍进入私塾读书。自从做了学生以后，他时常到刘大叔的家中去。每逢他去，刘大叔必招呼这个孩子吃饭，或给他一些他没有看见过的点心。他绝不以他为一个苦孩子而冷淡他，他是阔大爷，但是他不以富傲人。——他当然不会料到，他小小一个善举，未来会为中国培养出了一代大文豪——老舍。

穷人的孩子懂得珍惜，知道上进。一路苦读，25 岁上，老舍获得了赴英国伦敦大学东方学院华语学系任华语讲师的好机会。在那里，他的本职工作是教导英国人学习中国的官话和中国古典文学；业余他阅读了大量英文作品并开始了文学创作。1926 年，他在《小说月报》上发表了第一部长篇小说《老张的哲学》，一炮走红。

1930年，老舍以镀金留洋过的教授身份，回到了北京，可谓功成名就。可是，他听到了一件摧心肝的事——他的恩人刘寿绵后来散尽家财当了和尚，夫人以及两个女儿也出家当了尼姑。

那大女儿，就是老舍自17岁上开始的初恋。温柔、恬静、庄重，上过师范学校。如此出身高贵、富有教养的一个女孩子，在做了尼姑不久，竟然，沦为暗娼。

其间发生了什么？别人无从推测。可能入那尼庵者，就得接受《红楼梦》里“馒头寺”中的种种潜规则；也可能是她“一向吃好的穿好的惯了。为满足肉体，还得利用肉体，身体是现成的本钱”。总之，这个原本想要青灯古佛一辈子的黄花大闺女，毁了。

就是这种刺心的消息，也没减少他的热情；不，他反倒更想见她，更想帮助她。他到她家去。已不在那里住，他只由墙外看见那株海棠树的一部分。房子早已卖掉了。

当他千辛万苦找到她时，她已剪了发，向后梳拢着，在项部有个大绿梳子。穿着一件粉红长袍，袖子仅到肘部，那双臂，已不是那么活软的了。脸上的粉很厚，脑门和眼角都有些褶子。可是她还笑得很好看，虽然一点活泼的气象也没有了。设若把粉和油都去掉，她大概最好也只像个产后的病妇。

她始终没正眼看他一次，虽然脸上并没有羞愧的样子。她也说也笑，只是心没在话与笑中，好像完全应酬他。他试着探问她些问题与经济状况，她不大愿意回答。她点着一支香烟，烟很灵通地从鼻孔出来，她把左膝放在右膝上，仰着头看烟的升降变化，极无聊而又显着刚强。

他的眼湿了，她不会看不见他的泪，可是她没有任何表示。她不住地看自己的手指甲，又轻轻地向后按头发，似乎她只是为它们活着呢。

提到家中的人，她什么也没告诉他。他只好走了。临出来的时候，他把住址告诉给她——深愿她求他，或是命令他，做点事。她似乎根本没往心里听，一笑，眼看看别处，没有往外送他的意思。

她以为他是出去了，其实他是立在门口没动，这么着，她一回头，他们对了眼光。只是那么一擦似的，她转过头去。

他回来，托人给她送了点钱去。留下了，可没有回话。一句都没有……

朋友们看出他的悲苦来，眉头是最会出卖人的。他们善意地给他介绍女友，惨笑地摇首是他的回答。他说我得等着她。初恋像幼年的宝贝永远是最甜蜜的，不管那个宝贝是一个小布人，还是几块小石子。慢慢地，他开始和几个最知己的朋友谈论她，他们看在他的面上没说她什么，可是假装闹着玩似的暗刺他，他们看她不配他恋。

她不配他？她本来不是大小姐吗？她沦为赤贫，不也因为她父亲的慷慨施舍吗？而老舍，当年也是受益人之一呀。不过，给是自愿的，得到的人，不欠她们家的。反之，如果邀恩图报，那她就是无赖小人，受者更加心安理得。这叫什么道理？但这确实是道理。

她不知道他有多么爱恋她。在国外的那些日子里，他无从打听她的消息。直接通信是不可能的。间接探问，又不好意思。只好在梦里相会了。说也奇怪，他在梦中的女性永远是她。她，在他的心中，也永远还是17岁时的样子：小圆脸，眉眼清秀中带着一点媚意。身量不高，处处都那么柔软，走路非常轻巧。那一条长黑的发辫，造成最动心的一个背影。他也记得她梳起头来的样儿，但是他总梦见那带辫的背影……

不久，他托友人向她说明，他愿意娶她。他自己没胆量去。友人回来，带回来她的几声狂笑。她没说别的，只狂笑了一阵。她是笑谁？笑他的愚，很好，多情的人不是每每有些傻气吗？这足以使人得意。笑她自己，那只是因为不好意思哭，过度的悲郁使人狂笑……

老舍32岁，才在朋友劝告下结了婚。

可是他一直记得她。她是为弟弟们给虎妞下跪的小福子，祥子爱过她，这爱情不因为一个是车夫另一个是暗娼，而稍减其美或者震撼。她是月牙儿，清清醒醒明明白白走这另一条路的那个女子，他都满怀同情……

连对世人最鄙夷的妓女、臭拉车的等都真心同情的作家老舍，你想他对其他人怎么会差？他一生都在感念着当年对他施恩的刘大叔，1940年他写下《宗月大师》纪念他，深情地说：“没有他，我也许一辈子也不会入学读书。没有他，我也许永远想不起帮助别人有什么乐趣与意义。他是不是真的成了佛？我不知道，但是，我的确相信他的居心与言行是与佛相近似的。我在精神上物质上都受过他的好处，现在我的确愿意他真的成了佛，并且盼望他以佛心引领我向善，正像在三十五年前，他拉着我去入私塾那样！”

所以，老舍一生，都是努力做一个善人，能对谁多好一点就尽量多好一点。

然而，在新中国成立后被授予“人民艺术家”的称号以后，他把自己的一切都献给了党、献给了人民。他以旺盛的精力去积极配合各个时期的政治任务；在政治热情的无形驱使下写了许多遵命的文字。更可怕而又无奈的是——据资料证实，仅在20世纪50年代，老舍就参加了文艺界所有的政治斗争：从批判俞平伯的“学术错误”开始，到批判胡适的资产阶级唯心主义思想，再到批判胡风“反革命集团”，批判“丁、陈反党集团”，批判章伯钊、罗隆基、徐燕荪、吴祖光、赵少侯、刘绍棠、邓友梅等人的右派言论。无论是否自觉自愿，在有关的批判会上，作为与会者的老舍，须“痛斥”批判对象，表达自己与“党和人民一致”的坚定立场；有时，还须以一位文艺界的代表、具有某项领导者的身份，在报刊上公开发表措辞激烈的批判文章……

这些东西，岂能不对一个善良、忠厚、细腻的心肠产生倾轧！

虽然，后来，他们都原谅他。

“吴祖光，你这个‘翩翩浊世之佳公子’，以前没有出路，现在更没有出路！”——1986年，吴祖光追忆起老舍当初对他的批判，与老舍批判过胡风一样，他们都认为："当时他的批判是言不由衷的，他的内心是痛苦的。"而且，他还说自己那时就能"从老舍过去少见到的疾言厉色又夹杂他惯有的幽默讽刺中，却又感到一些异常的温暖"。

历过浩劫之后，善良宽容的朋友们能这么想，是人家的仁义、厚道，而处在血雨腥风中的老舍，岂能轻易原谅自己？！

前面十来年是他被迫整这个整那个，到了 1964 年文化界整风，老舍被推出去当靶子。虽侥幸过了关，却不再受重视。挨到 1966 年的那一天，当他终于承受了被打得血流满面的羞辱之后，这种实在对不住别人，甚至也实在对不起自己的感觉，从头到脚淹没了他。

老舍最后栖身的太平湖，原就在西直门附近，而当年的宗月大师在家时，他们家的财产占了西直门的半条街。俗世浮云，一切已成空，可这潭水，总还是昔日照亮他少年眼眸的那潭水。所以，北京虽大，水面虽多，他只选择了这里……

那天，他在湖畔整整坐了一天。往事渐渐都淡去，只有一个梳着辫子的、清甜的女孩子，在他耳边轻轻地吟诵他曾经为她写下的篇章：

> 我记得她的眼。她死了许多年了，她的眼还活着，在我的心里。这对眼睛替我看守着爱情。当我忙得忘了许多事，甚至于忘了她，这两只眼会忽然在一朵云中，或一汪水里，或一瓣花上，或一线光中，轻轻的一闪，像归燕的翅儿，只

须一闪，我便感到无限的春光。我立刻就回到那梦境中，哪一件小事都凄凉，甜美，如同独自在春月下踏着落花。

我们分离有许多年了，她还是那么秀美，那么多情，在我的心里。她将永远不老，永远只向我一个人微笑。在我的梦中，我常常看见她，一个甜美的梦是最真实，是纯洁，最完美的。多少多少人生中的小困苦小折磨使我丧气，使我轻看生命。可是，那个微笑与眼神忽然的从哪儿飞来，我想起唯有“人面桃花相映红”差可比拟的一点心情与境界，我忘了困苦，我不再丧气，我恢复了青春；无疑的，我在她的洁白的梦中，必定还是个美少年呀。

不要再说什么，不要再说什么！我的烦恼也是香甜的呀，因为她那么看过我。

站在水里的老舍，神魂一点一点远去。他不挣扎，不呼救，就那么任凭水一点点溺死自己……

如果这世界能够让他有最后一个记忆，但愿不是耻辱的毒打，不是疯狗一样的咬啮，不是地狱一般的烈焰，而是，年少时那人给予的那一抹微笑着的眼波——那是这个世界最初给他的允诺：恬静、美好、温柔……

偶然

在 KTV 包房里、在震耳欲聋各类音乐的轰炸下，忽然之间听到有谁在唱：

我是天空里的一片云
偶然投影在你的波心——
你无须讶异，更无须欢喜
在转瞬间消灭了踪影

你我相逢在黑夜的海上
你有你的，我有我的，方向
你记得也好，最好你忘掉
在这交会时互放的光亮

最早知道它，是从琼瑶那里，她在《我是一片云》中引用过。

段宛露曾经为孟樵轻轻地唱啊唱……这么多年过去，在最没有准备的时候，我听到了它。

舒缓的节拍，哀婉的情调，琳琳琅琅的配器，正是我喜欢的那一种。——我的喜欢，永远和当前的时代隔着十万八千里。有人曾经在短信上为我发来这样的句子："你本来应该是古代人的。转世的路上误了点，所以才来到了今生。"看得我好惆怅……

当年初见这首诗，我还很小，立刻对它一见倾心。尤其是"我是天空里的一片云，偶尔投影在你的波心"，联想到"轻轻的我走了，正如我轻轻的来，我挥一挥衣袖，不带走一片云彩"。——如果说月亮是李白的意象，那么云彩就是徐志摩的意象。他从云雾里来最终又飘举到云雾里去，他在人间短短地驻足，就宛如小小的一片云。在半是青紫半是橙红的天空中，那种柔美空灵的白色像一声叹息，有一种弱弱的、叫人心生怜爱的美好。

想不到的是隔了这么多年之后，在急管繁弦的城市的KTV里再度来品味它，我忽然好难过：这是那个时代的才子、多情的浪子随手写下的一首诗！里面充斥着无情、傲慢、居高临下的心态！——毫无疑问是给一个仰慕他的女人。

是他在英国前往欧洲的航行中在船上碰到的吧？

她一定很美，美得让他动了心。她也一定有一点才华，像星光一样照映到他的眼眸。

他们一见钟情。——于千万人之中遇见你所遇见的人，于千万年之中，时间的无涯的荒野里，没有早一步，也没有晚一步，刚巧赶上了。

两人瞬时都眩惑了。

女子必定会如飞蛾扑向灯火。

那如灯火般炫目的男人，怎会拒绝飞蛾的舍身？

如梦如幻，如痴如醉。

可惜天总要亮，男人也定然早醒。宿醉之后起来，肠胃肯定不适，看到什么都觉得恶心……川端康成曾经写过，第二天早晨醒来，回想起昨夜懊悔得差一点要去自杀——这就是永恒的男人的心态。

而女人，往往天真地以为身体会和爱一起走，却不知对于男人来说，得到了你的身体之后，有没有爱，已经不那么重要。

所以他说："你我相逢在黑夜的海上／你有你的，我有我的，方向／你记得也好，最好你忘掉／在这交会时互放的光亮"——他就不替她想想，她看到这些话，会是啥滋味？话又说回来，我管你啥滋味！一夜情嘛泡妞嘛，成年人的游戏而已，我又没有强迫你，是你咎由自、取自轻自贱！

那女子，那孤零零的女孩子，她不是钱钟书笔下的鲍小姐，也不是电影版《泰坦尼克》上的露丝——面对大西洋亘古的沉默，她该多么黯然。

她在哪里下船？马赛？利物浦？临行前，她该会有怎样凄凉伤感的一个转身？

那男人躲着不见，打发侍者上岸替他寄了封邮件给国内的杂志。这首名为《偶然》的白话文新诗，引起了不俗的反响，成为他的代表作之一。

后来，他的新娘陆小曼问他：“她是谁？”

他说：“她么？一个梦而已……”

她既然只是一个梦，那必定再也没能见过他。尽管这只是在这残酷的人世间，她的一个缩小又缩小的、怯怯的愿望。然而一个女子怎能没心没肺地像他忘记她一样来把他忘记？活到80岁，她也不会忘记那一天……

人生，很多时候是要靠记忆来支撑下去的。靠着那一点残存的回想，我们才有可能感到自己曾经有爱、被爱。不然，怎么来熬下去呢？

若有人来问她，你可后悔？她必是温柔地摇摇头。

一次偶然的经典的邂逅，必定同时包括了聚和散。邂逅的故事无论怎么讲，都注定要从喜不自禁走到低回婉转。邂逅的快乐是出其不意的。因为快，所以刹那间就过去了；而邂逅的怅然，是绵绵不绝的。——因为始料不及，所以丝丝缕缕……但尽管如此，又有谁会拒绝邂逅呢？就像我们不能拒绝一朵昙花的意外开放。

尼采说：“自有人类以来，人就很少真正地快乐过。这才是我们的原罪。”是的，大家都是世界的罪人，能够在偶然放风时偷得一丝快乐——然后用这罪恶的快乐来慰藉那越来越荒凉的人生，就是这么一回事……

夜很深了，我瞌睡得都想就地倒在这里。半夜里或者被天使抱走或者被格里高利·派克带走，都一样，反正谁也不知道“偶然”之间会发生什么……万一是《罗马假日》，不是比混来一首诗更好？

即使不被爱

狭小、憋屈、幽暗、老旧，这就是这幢鲁迅于1924年设计建造的宅子给我的第一印象。

《华盖集》《彷徨》《野草》《朝花夕拾》都是他住在这里的两年中写下的。我好像有点明白，为什么他的笔下总有那么多“吃人”“杀”“狂人”“乌鸦炸酱面”等吓人的字眼了——环境左右人的心情。此时的鲁迅，前不久和亲兄弟周作人不知为何事闹翻，携老母和发妻搬到了这个小宅子里，他的心情能好吗？

尤其是，他现在的生活里，必须、只能、完全对着那个女人了——他的妻子朱安，他一定是积郁难当……

1919年8月，38岁的鲁迅花了3675元，将八道湾11号那套宽敞的、前后三进的大院子买下来，随后又花了315元，里里外外装修得漂漂亮亮。这是他这辈子的第一套房产。他兴兴头头地将母亲、兄弟三人及家眷都接到这里，过起了大宅门的生活。他是当家的大老爷，虽与朱安分居二室，但他的确是踏踏实实想要好好过日子的。谁知好景不长，没过几年，大宅子被人家连锅端走不说，还闹得从小紧密相依的兄弟相违！相对于物质上的损失，这个精神上的打击对鲁迅来说，简直是……

他和二弟周作人，从绍兴到日本，从日本到北平，这么多年可谓唇齿相依……如今……败退的大家长退居到这里，生活中还能有什么喜悦？若不是文学给了他越来越多的光芒，在这里守着这两个女人过下去的岁月是多么凄惶！

而他的妻子朱安，躲在一隅，偷偷地看着他的背影，束手无策。她起早贪晚像女仆一样做着所有家务，唯恐有一点不周到地伺候着他和他的娘。娘倒也罢了，对这个儿媳妇一直不错。而他接受她的伺候，但是，他又是那么厌恶这伺候。她清楚地知道，自己不露面还好，多少次，他一见到她，那眼里竟能冒出火来！

朱安，在从前很长一段岁月里，曾经是个被巨人的光辉镇住的鬼影子，很多人甚至不知道神圣的鲁迅竟然有一个小脚貌丑的大老婆！如果一代巨匠、一代宗师有办法让她永远不要见天日，我相信他会很乐意。可是，朱安不但好端端地活在这里，而且还想方设法让世人认可她是“大先生”明媒正娶的“正室夫人”。当时的青年们，包括许广平在内，很喜欢来这里拜见先生，朱安心里明镜似的知道，鲁迅不希望她露面，可是她一定、偏偏要走出来以“师母”的身份为客人端茶倒水，哪怕“这茶先生一口都不会去喝”。

他们两个人的关系从一开始就注定了。

鲁迅还在叫周树人时，寡母通过亲戚的斡旋为他订了一门亲，是鲁迅本家叔祖周玉田夫人的同族，小名“安姑”，年纪大他三岁，正是民俗里典型的“女大三，抱金砖”。

那个时代的周树人还不是反封建的斗士鲁迅，只是个年轻的学子，新文化运动的思想体系也尚未形成。对母亲的包办，他开头也并没有激烈地反抗。他可能想周家虽然衰败但有点文化的母亲眼光估计差不到哪里去吧？所以他默许了这门亲。掀开盖头他傻了眼：想不到母亲的水准如此之低！小脚、瘦小、不识字也罢了，这新娘子也长得忒寒碜了吧！

鲁迅有没有和朱安有过夫妻生活呢？这是一个让多少人争论不已的庸俗问题。我推断，应该是有吧，起码是在花烛这一晚。不然，她怎会理直气壮始终以“妻子”自居？鲁迅再神圣他终究是个人，是个正常的年轻男人哪。

可是鲁迅终究是个异乎常人的人。常人会认命，鲁迅不。他如果深深厌恶上了谁，至死不变。连死亡都不能让他宽厚，他说：“一个都不原谅。”——这里边，也包括朱安吧？

朱安有什么特别不好吗？貌丑、小脚、文盲、固执都可以算是毛病，可是她精心尽责地孝顺婆母，殚精竭虑地服侍丈夫，甚至对小叔子周作人、周建人也是周周到到。如果不是嫁给鲁迅而是嫁给一个普通人，这些毛病至于令她守一辈子活寡吗？鲁迅和许广平同居后，周作人跳出来申明只认朱安一人为大嫂，既是故意气他俩，也或多或少有份对朱安的同情与叹惋吧？

周树人后来之所以成了作家鲁迅、斗士鲁迅，是和他的性格分不开的。阴郁、敏感、犀利、不宽容等，都是作家的特质，鲁迅把这些发扬光大到令人难以置信的地步。朱安不招他待见，许广平过的就是好日子吗？“上海冬天的夜里，他让自己卧在露天阳台上，不说话不吃东西，那沉默是吓人的。”（许广平信）……鲁迅眼里的社会是“吃人”的社会，人与人之间恣睢必报。他的心中缺乏爱的温暖与光辉。他一生除了《伤逝》之外，不大肯写关于男女情爱的文字，乃是因为早年他没有这种体验，和许广平在一起后，舆论又给他太多的难堪，况且他也上了岁数，哪还有那个闲情逸致？他把笔为刀，“呐喊！”“杀！”他的内心永无宁日……

给这样的一个人做老婆，太难了。朱安知道。可她总幻想着“大先生”会回心转意，会和自己生个孩子。实在没指望时，她甚至期待自己能给他们带周海婴这个大先生唯一的骨血！当然没有人会给她这种机会。幽居在这所宅子里她盼着等着，那个人却再也没有回来。与其说这里是她的家，不如说是她的活棺。

时人笑她紧守着“鲁迅正室”的名号不放，天可怜，若是连这点都放弃的话，她这个女人存在还有什么意义？活着，她是周树人的妻；死了，她是周树人的鬼，这是时代赋予她的逻辑，你能说有哪点错吗？更何况，鲁迅从始到终，并没有将她休掉——尽管不是出于爱，只是出于起码的人道：休了她，他就等于杀了她。他说“她是我母亲的太太，不是我的太太。这是母亲送给我的一件礼物，我只负有一种赡养的义务，爱情是我所不知道的”。他一生心疼寡母，爱敬寡母，希望自己是个真正的孝子，为了母亲他也不会那么做。

可真实的生活中，街坊邻里，是怎么看待这个女人的呢？

当鲁迅和女学生许广平的绯闻、同居、生子等“新闻”最终到达她这里时，她，是如何日夜哀哭的呢？

晚年没有任何经济来源的朱安，曾经接受过许广平的养活。一则是因为她为老母养老送终；二则，再难堪再羞辱，她终究是和她许广平共有一夫的女人，她是鲁迅的——妻子。——三个人就这么难过了整整一生，谁也没舒服上一天。

萨特的《禁闭》描述了一个人性恶的战场，人与人互为地狱，相互追逐啮咬着，谁也别想自在，可怜可恨又可怖。萨特因此发出他著名的感慨：“他人，就是地狱。”

空荡荡的宅子里只有我迟缓的足音。这不是个让人舒服的地方，尤其看见照片上朱安那张苍白惨淡的脸，仿佛有种鬼气萦绕过来。

朱安一生几乎没有被谁真正地喜欢过。她是伟人身上的一片抹不掉的污垢，她是民众眼里的一粒隔夜的眼屎，没有一点骨气死赖着鲁迅。好像很少有人替她想过，她也曾经是一个花季少女，当她得知要嫁给周家留学生大少爷时，她该有多么欢喜？新郎一见之下就对她冷了脸，她该有多么屈辱？没人爱没人要偏居一隅的一辈子，她该有多么凄惨？可是，无论他怎样冷落她，他是她的三生石上旧精魂，他是她今生今世唯一的夫！所有的挣扎、吵闹、哭泣，为的是什么？难道她成心想过两个人都不痛快的生活？她衣不解带女仆一样侍奉家人图的又是什么？——终究，她是白忙活了。

1947年6月29日，朱安在这座活棺里病逝，身边没有一个人。生前，她最后一个愿望是，自己死后能葬在鲁迅身边。这怎么可能如她的意呢？她被葬在鲁迅母亲墓的旁边。

活着时，她没有一个机会向这个世界表达对这一生的种种无奈；死了，更加不会有。对于她的死，恐怕，太多的人是感到舒了一口气。

可怜的女人。以往的时代，这样的女人太多了。现在，还有没有？应该，也不会绝迹的。

因为，女人，生生世世，念的是男人，怨的是男人，嵌在心上拔不出去的还是那个最爱最爱的男人——不管男人怎样对她。

想到这里，满怀悲哀，然而也暗暗发痴：女人这一生，若能把唯一一个男人结结实实地爱到死，她的心，至少不会像我一样，无处可以安放。

温柔的“杀手”

曾经，有个女人，这样说：“事情就是这样开始的，突然间我明白了我该怎么做。我决心不但要杀人，而且要大杀特杀！”这一杀，就是半个多世纪。

这个女人，就是阿加莎·克里斯蒂，“除了《圣经》和莎士比亚，她是世界上书卖得最好的作家”。

当我自己从一个被她的《东方快车谋杀案》《阳光下的罪恶》吓得手脚冰凉的小女孩也成长为一个写作者的时候，我其实特别纳闷、也特别感兴趣的是，一个出身良好、教养齐备、容貌端庄、性情温雅的女性写作者，为什么会成为一个“杀手”？

1. 那个年代的“闪婚”

如果不是1914年的第一次世界大战爆发，阿加莎或许不会在那一年成婚……

她是 1890 年 9 月 15 日出生在英国德文郡托基阿什菲尔德宅邸的三小姐，名叫阿加莎·玛丽·克拉丽莎·米勒。她的家庭不曾大富大贵，然而，每周举行一次大型晚宴、保姆、厨娘、佣人、家庭教师、钢琴、舞蹈、声乐、阅读、刺绣、写诗、打网球、学法语、唱意大利歌剧、去国外旅游，以及不可或缺的双亲的疼爱……所有这些，让她长成为一个标准意义上的闺秀。

她，也可以说是西方最后一代受着“后古典”文化教养长成的闺秀。

而后，随着第一次世界大战的到来，整个世界的格局、意识形态等都发生了重大的变化，全世界被绑在现代化的战车上滚滚向前，滋养阿加莎长大的那个旧的、古典的、温文尔雅的时代一去不复返……

她自己美好的青春年华，也随着这场婚姻的到来日益远去。

按照她们那个时代的规矩，从 16 岁绾起头发进入社交界开始，年轻的阿加莎就参加了无数次为了嫁个如意郎君而进行的舞会。期间有两次，险些结了婚。不过最终还是嫁给了阿尔奇·克里斯蒂。

他是个家里只有个寡母的穷小子，年龄只比她大一岁。刚认识她的时候，他只是部队里的一个年轻少尉，除了善于跳华尔兹，“没有分文储蓄，全靠自己的微薄收入和他母亲省吃俭用节约下来的一点点资助”。可是“他英俊，个子高，一头卷发，鼻子有趣地向上翘着，看上去颇为自信”。自第一次两人共舞之后，他就黏上了她，设法弄到了她的地址，不顾一切地跑来家里见她，不几天就声称他必须要拥有她！他恳求她推掉已有的婚约嫁给他！

阿加莎的母亲，当然不会看好这门亲事。——话说，这种条件，天下有几个母亲会看好呢？阿加莎 11 岁上父亲去世，家境每况愈下，当妈的，当然巴望着女儿能嫁个衣食无忧的好人家。

阿加莎自己有多么好，当年自己并不知道，可那个悉心将她栽培出来的母亲未必不知道。女儿是一朵生下来就浸润在文学、艺术园地的秀雅花苞，此时虽未完全绽放，但已是香远亦清。年轻的阿加莎已经多次投稿，写诗、写小说、作曲，“创作取代了绣制坐垫和临摹累斯顿瓷上的花卉图案”。若说母亲对她不存热望，那肯定不真实。

可是，战争来了。

和《飘》里叙述过的情景一模一样：“南方已普遍热衷于战争，凡事都像风驰电掣般呼啸着滚滚向前，往昔那种慢条斯理的节奏已经一去不复返了。……南方沉醉在热情和激动之中。谁都知道只消一个战役便能结束战争，生怕战争很快结束了。每个青年人都急急忙忙去报名投军，他们同样急急忙忙跟自己的心上人结婚，好立即赶到弗吉尼亚去给北方佬打一棒子。县里举行了好几十桩这样的战时婚礼，而且很少有时间来为送别伤心，因为谁都太忙、太激动，来不及认真考虑和相对流泪了……”

1914 年圣诞节前夕，24 岁的阿加莎同自己心爱的情郎阿尔奇匆匆忙忙结了婚，她的名字就此改为阿加莎 · 玛丽 · 克莱丽莎 · 克里斯蒂。

婚后，已经在空军效力的新郎即刻上了战场，阿加莎自己到医院药房参加工作。

她亲爱的母亲，没有去参加女儿的婚礼……

2. 这个媳妇的“绝活”

第一次世界大战爆发，这一人类历史上空前的“全球战事”，导致超过三十个国家卷入战争，波及当时全球四分之三的人口。在残酷的杀戮和死亡面前，数以百万计的男性走上战场，很多女性的命运也发生了“逆转”。

张爱玲在《倾城之恋》里说白流苏，“香港的陷落成全了她。但是在这不可理喻的世界里，谁知道什么是因，什么是果？谁知道呢？也许就因为要成全她，一个大都市倾覆了。成千上万的人死去，成千上万的人痛苦着，跟着是惊天动地的大改革……”

阿加莎·克里斯蒂又何尝不是这样？

是战争，让她成为医院药房的药剂师，让她拥有了丰富的药理学知识；是战争，让她和丈夫长期离别，这才有了和才女姐姐打赌之下创作的第一部侦探小说《斯泰尔斯的神秘案件》；是战争，让他们的小家庭经济困窘，为解饥荒，她创作了让她声名鹊起的第二部侦探小说《暗藏杀机》，接下来是下一部、下一部，一部接一部……不过六七年的光景，阿尔奇·克里斯蒂的媳妇阿加莎·克里斯蒂凭借写作，为他们家买了两辆汽车，还买了带花园的宅子！

英国历史上有类似这种记录的女作家，当今有乔安娜·凯瑟琳·罗琳，在阿加莎之前，还有哪个？恕我孤陋寡闻想不起来。

众所周知，阿加莎的作品不仅仅局限于侦探小说。她全部作品包括66部长篇推理小说，21部短篇或中篇小说选集，15个已上演或已发表的剧本，3个剧本集，6部情感小说……她的著作数量之丰，仅次于莎士比亚。不过她为世界读者所共识的，当然还是她的侦探小说，所以就又得绕回到我深感兴趣的那个问题：她为什么会成为一个“杀手”？

这是有时代因素的。

在阿加莎出生以前的近百年间，即19世纪初期，西方的资本主义制度已经确立，资产阶级民主日益发展，政教分离，警察体制逐步建立，现代性的逐步到来引起的通俗文学的迅速发展等，全部是西方侦探小说产生的社会基础。

阿加莎的成长过程中，英国在物理学、化学、医学等很多领域均取得世界前沿的成就，它当然也带来让所有人感到匪夷所思的大变革和大动荡。侦探小说作为一种社会娱乐的载体，丰富了市民的休闲生活，吸引了普通人对于新鲜事物的兴趣，撩拨了市民阶层对社会上五花八门案件的猎奇心理；更具有“启智”作用：它强调的民主思想、法律意识、人权意识深入人心；尤其是它所推崇的科学精神，让读者在充满疑惑的同时享受到了知识性、趣味性、推理性的乐趣；最后还有正义必定战胜邪恶的结局，为置身于动荡之中的人们提供了心理稳定因素……这一切之一切，共同创造出了西方侦探小说的“黄金时代”，也让阿加莎进入她自己的“黄金时代”。

西方作家，从很早的时候起就和商业运作紧密胶着在一起。书商推广，市场欢迎，利润分成，名利双收……如此情形下，绝大多数作家会让自己成为勤奋的笔耕者，阿加莎更是犹如一台性能良好、哗哗印钞的写作机器。

她是时代中人，她的作品亦具有强烈的时代性。她身边的人物，身处的场景，朋友的宅邸，英国错综复杂的铁路网，遥远的中东各国，游船、东方快车和时髦的客运飞机等，最后都演变成了阿加莎·克里斯蒂笔下的凶案现场。而英语世界许多耳熟能详的童谣则是她的小说借以烘托气氛的首选。

所以，她在她的时代怒放了。

阿加莎作品有别于其他侦探小说的地方，一是她特别善于“下毒”，二是从幼年时就开始的数次出国游历经历，给她的创作提供了吸引读者的异域风情。——那时候的人们没有电视机更没有电脑，阅读成为最普遍最廉价的休闲选择，当报纸、电台连篇累牍都在热议阿加莎·克里斯蒂那一系列“挑战读者思维极限；逻辑推理严密，推理结果令读者信服；语言通俗易懂、准确生动，使读者充满阅读兴趣”的大作时，怎能不造成洛阳纸贵？

年轻的阿加莎·克里斯蒂这时候才三十多岁，她打动了无数读者，可是，她却莫名其妙失去了一个最重要的人。

3. 一生难以启齿的事件

1926年12月3日，英伦三岛各大媒体的头版头条吸引了所有人的目光！英国警方出动了500名警探，带上警犬，配上飞机，进行大规模的搜索！

出了什么事？

著名的侦探小说家阿加莎·克里斯蒂失踪了！

十二天的地毯式搜索，引得全世界都在热议阿加莎的生死。她的同行，福尔摩斯的创造者柯南·道尔爵士也参与了调查，不过柯爵预言："克里斯蒂绝不可能自杀，我相信她在一个月内会出现在广大读者面前。"

果然，十二天之后，悄然隐身在约克郡一家酒店里的阿加莎被发现了。令所有人吃惊的是，她此时化名叫作"南希·尼尔"。这个名字的主人不是旁人，就是她丈夫的情人。

阿尔奇为了他的情人，和声誉正隆的阿加莎离了婚。

这是一生顺遂的阿加莎一辈子的耻辱。

在晚年的回忆录上，阿加莎回忆这一段时，写得相当含糊，给人的感觉是因为母亲突然因病离世，向来厌恶生老病死的丈夫阿尔奇讨厌妻子那种深陷哀愁的状态，所以才做出的一个突然的、任性的举动。不过，出于教养和自尊心，她对他下笔始终甚为谨慎，最多也就说他"太冷酷无情"，对她自己，更是几乎不作评判。

其实，一段婚姻到了分手的地步，必然是双方都有责任的。只不过是谁多谁少的区别而已。

娶作家当老婆的男人未必幸福；娶一个精通“杀人”的侦探作家当老婆，我猜想，大约很难幸福。

在母亲的一手安排下，阿加莎从小没有进过正规的学校，也就是说她没有受过简·爱那种严苛、古板的女子学校教育，她是在各类家庭教师的精心哺育下长大的、内心时时刻刻充满了自由感的小姐。从出生到死亡，这个大小姐一辈子没有缺过佣人的伺候、一辈子没有过过真正贫寒意义上的生活。她 5 岁上就识字，20 岁前已读遍英美文学，她天性聪慧过人，喜欢数学，弹琴作曲唱歌剧溜冰打网球跳舞无不精通，可没听说她肯下厨煮一碗鸡汤。她一生只生了一个女儿，这孩子也是一天都没缺过保姆。

罗列了这么多，也许我只是想说，她是一个林黛玉般的贵族小姐，亦有着林黛玉般的旷世才华，可这样的女子，实则“可远观而不可亵玩焉”。

而，阿尔奇，是个平凡到平庸的男子，没什么过人的才干，也没什么远大的抱负。他爱上她的时候，爱的不过是一个妙龄少女，他可没有料到有一天这少女会成为他们家的顶梁柱，成为众所瞩目的侦探女王！

你能想象跟一个侦探女作家在一起生活的情景吗？

你的一举一动，甚或是你一动不动，你的所有都被她看得门儿清；你的没本事、挣不来钱瞒不过她；你皮袍下的“小”，更是藏都没法儿藏得住。要命的是，她的小脑袋瓜天马行空想些什么，你却无从猜想。然后，你见她看似随意地端着一杯酒向你笑吟吟地走来，天知道！善于用毒的她在酒里下了什么药？——哈哈，这，当然是我耸人听闻的说法了。她这样文雅的妻子怎会那么对待丈夫？就算她暗里嫌弃他的无为、渐渐看不起他的低能，他也还是她女儿的父亲呢，她怎么会那么吓他？

不过，一个此时三十来岁的少妇，凭一己之力创下这般事业，她难道真的能够掩饰住自己在平凡丈夫面前的得意之情？

阿加莎从小就被慈父以及身边所有男性所娇惯，她有多么习惯这种男性给予的捧与爱宠，可能她自己都不清楚。

压倒阿尔奇的最后一根稻草，我猜是男性的自尊心。

他受不了她比他强大的这个现实。在他们那个时代，固然是礼崩乐坏，然而丈夫是一家之主的家庭格局还极具普遍性。当全世界都对他的老婆大加奉承的时候，这个做丈夫的，何以自处？所以，孤身在外的他胡乱寻觅到那个肤色黝黑、只不过是个小秘书的普通女孩子后，就心烦意乱地闪人了。

阿加莎自己感觉是莫名其妙地做了弃妇。她的哭泣、哀求、悲痛、绝望，都没有能挽回这个男人的心。

在她们那个时代，离婚是丑闻。她在悲痛、羞辱中躲到了酒店里疗伤，而公众因为她的失踪，竟满心巴望着能找到一具遗骸，好完成阿加莎·克里斯蒂亲历版的谋杀案，现在，见她居然还好端端地在喘气，便“自以为受骗”，掘地三尺挖出了所有的细节，添油加醋地将这桩“小三插足、正室被蹬”的家庭丑闻闹了个人尽皆知！

可怜一生羞涩文雅的阿加莎·克里斯蒂大小姐！

可怜正当红的英国女作家！

那种犹如把所有衣服都给剥光，赤裸裸展示给世人看的感觉，后来的英国女子戴安娜，尝过那种滋味，还不止一次。

这件“被曝光”事件给这个女子留下的伤害无法言说。是的，无法言说。直到她老年时写自传，都一笔不提……

4. 梅开二度，幸福到老

《围城》中曾有这样的叙述：“如果两个人经过旅行之后还能够相处的话，那才可以结婚。”

旅行，尤其是长途旅行，是有很多事情要共同处理的，对外事务的交涉、个人物品的保管整理、个人的生活习性、习惯、修养、对金钱的态度，以及能否照顾、体贴对方，能否有很好的协商、沟通愿望和能力，健康水平……几乎所有婚姻中可能遇到的问题，都会在旅行中暴露无遗，两人适合不适合应该会有比较好的结论。

1930 年，阿加莎在中东旅行时邂逅马克斯·马洛温，她当然想不到这个小她 14 岁、与她外甥同学的小伙子会成为她的第二任丈夫；年轻的考古工作者马克斯开始也肯定想不到会娶这个声名显赫的“姨妈”为妻。

是那场辛苦而又浪漫的中东之旅促成了他们。

其实，男人爱上阿加莎，是很容易的，不爱，才是一件奇怪的事。这一年的阿加莎刚刚 40 岁。她生来就长得姣好，容貌端庄，气质娴雅。她不大爱说话，却习惯于倾听。她拥有全套上流社会高雅女士的教养——还有令人倾倒的渊博学识。当你昼夜陪伴这样一个女士，行走在异域，你看着这朵温室之花，时而露出笑靥，时而轻蹙娥眉，时而在十字军东征时留下的城堡中怀古，时而对着一堆古老陶瓷碎片发出孩子般的欢笑，你怎能无动于衷？不由自主，你会精心伺候她吃伺候她喝，想方设法要她舒适满意，甚至，陪伴她晚上起来上厕所……没错，阿加莎在回忆录中写道："在维多利亚时代长大的我，夜里去叫醒一个不太熟悉的年轻人，请他陪我去厕所，真是不可思议的事！然而很快就习惯了。"

为什么习惯？是在外旅行的客观艰苦条件使她习惯，更是马克斯这个男人身上所具有的种种美好品质让这个女人习惯。他的文雅、宁静、宽容、学识以及朝夕相处中对她自然生出的仰慕、疼惜与怜爱，这一切，让这个大他那么多的单身女人怦然心动。

不是没有过犹豫、挣扎，不是没有对"忘年恋"心怀不安，不是没有顾忌过社会上对这场婚姻的说三道四，然而，最终阿加莎作出了一个在婚姻上最正确的决定：1930 年 9 月 11 日，她嫁给了他。

琴瑟和谐，一直持续到 1976 年阿加莎去世。老夫少妻从生理上来讲大都成问题，反过来，老妻少夫是很容易成就一段完美婚姻的。她写过："第二次婚姻是相当美满的，不仅让我鼓起了生活的信心，也使我把整个身心投入写作之中。”

马克斯婚后在伊拉克尼姆鲁德开始了意义非凡的挖掘工作——这使他在多年后获封爵士。

她没有看错人。做她这个女人的丈夫，事业上必须有所成。不然，怎么配她？

后来，有人问她为什么嫁了一位考古学家。她幽默地回答：“对于女人来说，考古学家是最好的丈夫。因为妻子越老，他就越爱。”

1973年，阿加莎·克里斯蒂在写完《命运之门》后便搁笔了。

在一个传媒还不甚发达的年代，在连续五十多年的创作生涯中，几乎每年都有数部作品推出，而且其中的相当一部分都逐渐成为世界级畅销书，且长销不衰——这就是阿加莎·克里斯蒂梦幻般的惊人成就。

一个多世纪以来，对阿加莎文学作品的评判多如过江之鲫，无须我再赘述。同为写作者，我对这个已经把写作这件事做到极致的前辈作家除了敬佩，还能如何？

最后，我只想以萨冈曾经写给萨特的一句情话来替我收尾：“这个世界疯狂，腐败，没有人性。您却一直清醒，温柔，一尘不染。”

世界上最远的距离

1. 世界上最远的距离，是对心爱的人掘了一条无法跨越的沟渠

安娜看着他乘坐的远洋轮船消失在天尽头，泪流满面。留恋，悲伤之外，更多的是一种被遗弃之后的痛苦。

是的，她清楚地知道，自己被这个男人遗弃了。他，看不上她。或者说，她，不能够成为他理想的妻子。

而他，这个叫罗宾德罗纳特·泰戈尔的男子，是多么令安娜倾心啊！时年 18 岁的泰戈尔，容貌出众，气质高雅，出生在加尔各答最富有的豪门之一。雄厚经济条件之外，这个家族的文化水准令人倾慕：泰戈尔的父亲和他的几个兄弟姐妹都是文化素养非凡之人。大哥迪金德罗纳特对孟加拉语诗歌、梵语诗歌和印度哲学的研究造诣深厚，他是印度历史上第一个将《云使》翻译成孟加拉语的人；二哥绍登德罗纳特精通英语和法律，是当时著名

的法官；五哥久迪林德罗纳特多才多艺，在文学、诗歌、戏剧、电影等方面都有很深的研究；五姐绍尔诺库马丽是泰戈尔家族中仅次于罗宾德罗纳特的文学家和社会活动家。她写过大量的诗歌、小说、剧本、散文、回忆录、游记、小学课本等；堂侄奥波宁德罗纳特·泰戈尔是著名画家，印度现代画派的创始人。作为兄弟姐妹中最小的一个，泰戈尔生来就被家庭中每个成员所钟爱，父亲更是对他寄予了很大的希望。他很早就自信地对妻子说："我一定要把这个孩子培养成子女中最出色的一个。"果然，他这个儿子不负众望，成为第一个获得诺贝尔文学奖的亚洲人，同时还成为一位创作过两千多首歌曲的作曲家（其中《人民的意志》这首歌，于1950年被定为印度国歌）和绘制过1500帧画的画家……

不过，此时此刻，泰戈尔才18岁，是一个正在乘着理想的风帆驶向理想王国——英国——去留学的年轻小伙子。他望着岸上泪落如雨的安娜，内心的感触是那么复杂……

长到这么大，安娜其实是第一个让他脸红心跳、夜不能寐的女孩子。

虽然生在贵族豪门，但家有严父，且有族规，泰戈尔很早就知道，他，以及他所有兄弟姐妹的婚姻必然是要由父母决定的，个人，毫无"追求自由婚约"的可能。

可是，爱情来了！人生的第一次爱情就这么猝然到来了！

1878年，泰戈尔在前往英国留学之前，为了进一步补习一下英语和英国的风俗习惯，他听从兄长的安排，住进了孟买一位医生的家里。安娜，就是医生的女儿，这个在英国长大、年纪和他相仿的姑娘，成了他的小老师。

爱神是从哪一天拨动他们心扉的？他们说不上来。也许，就是从彼此看到的第一眼，便感觉“这个妹妹我曾经见过的”。就此，风庭月榭，添了年轻诗客的妙曼吟咏；帘杏溪桃，多了一双玉人的醉飞吟盏。不过，尽管在心中爱之、悦之，两人却也是发乎情而止乎礼。尤其是年纪比姑娘稍大一点点的少年郎，更是高度地克制，假装猜不透、听不懂姑娘那些婉转的暗示、曲折的表达。

多年、多年之后，他在回忆录中承认，他爱她。可是，当年的他，还不敢、不想、也不能说出这个字。

这份突如其来的感情，实则让他太陌生、太紧张、太慌乱，怦怦的心跳中，无人处他挓挲着手，不知道该喜悦还是该哭泣。然而，我们谁又能否认一个充满理性的年轻人的“洞见”呢：一，他不能够给居停主人留下轻薄少年的印象，那会让他的家族蒙羞；二，他是即刻就要启程去留洋镀金的学子，怎么能在此刻对一个姑娘随意允诺什么；三，即便是没有父母之命的压力，这个如此热情似火、一身西洋做派的少女，能够做他泰戈尔理想的“母亲型”的妻子吗？不不，她的装束和通常所见的印度女孩不一样、她流利的英语口才不一样、她的思想不一样……

“爱”一个人，往往不需要原因；“不爱”一个人，比比皆是理由。

就这样，他咬紧牙关，义无反顾，走了。

人生千里与万里，黯然销魂别而已。他彻底走出了她的世界之后，失魂落魄的安娜清楚地听到了自己心碎的声音。那声音脆、薄，像冰凌落在幽谷中的冰面。不久，她遵从父命，嫁给了一个比自己大 20 岁的男人，锦衣玉食，然而——她死了。

她太年轻了，以往也生活得太顺遂了——也太把爱情看得重了——两年不到，当泰戈尔回来时，她已经死了。

死于青春。死于情重。死于不懂得人生或许还有比一次爱情更重要的事情——不过那个年代的女子，又能有什么事情可做呢？——可是，那个年代，精通英语的印度上流社会女子，当真除了一场爱情之外再没什么可做的了？

不知道了。只知道安娜一直住在泰戈尔的心中。无论在跟人的交谈或私人书札里，还是在暮年回忆里，泰戈尔多次以深情、怅惘和十分尊敬的心情提到她。

她死去多年之后，她用青春用生命爱过的男人写下了这样一些诗句，也许，可以算作是他对这段往事的痛惜：

世界上最远的距离
不是明明无法抵挡这一股气息
却还得装作毫不在意
而是用一颗冷漠的心
在你和爱你的人之间
掘了一条无法跨越的沟渠

2. 世界上最远的距离，是一个在天，一个却深潜海底

1883年，22岁的泰戈尔遵从父亲的意愿，按照传统习俗结婚了。

他的新娘，提起来让人都有些难以下笔——实际年龄是9岁多，不到10岁。

20世纪80年代，作家三毛在《撒哈拉故事》中曾经写过一篇《娃娃新娘》："……阿布弟拉开布帘进去了很久，我一直垂着头坐在大厅里，不知过了几世纪，听见姑卡——'啊——'一声如哭泣似的叫声，然后就没有声息了。虽然风俗要她叫，但是那声音叫得那么痛，那么真，那么无助而悠长，我静静地坐着，眼眶开始润湿起来。'想想看，她到底只是一个十岁的小孩子，残忍！'我愤怒地对荷西说。他仰头望着天花板，一句话也回答不出来。"

这些细节，相信会让当时的很多读者感到震惊和难过，而更让我们无言的是，时代已经进入21世纪的今天，印度的娃娃新娘依然不是个案。甚至，不仅仅是印度，世界上还有很多地域都有娃娃新娘在啜泣。

在这样的情形下，问出这样一个问题，恐怕不是毫无道理吧？——泰戈尔，作为印度知识分子的代表人物，这个获了诺贝尔文学奖的文明人，究竟除了写诗、作曲、画画之外，还做了些什么？想了些什么？

比他小 20 岁的鲁迅，在 1918 年，37 岁的年纪上写出了石破天惊的《狂人日记》，他激愤地喊出中国封建文化的本质是“四千年来时时吃人”！他焦灼地呐喊道“救救孩子！”

而，同为亚洲文化巨擘的泰戈尔在和他的小妻子二十年的相处生涯中，他写下了很多小说、诗歌，如《素芭》《摩诃摩耶》《太阳与乌云》《故事诗集》等，对这种令任何一个文明人都难以接受的童婚现象，他却没有触及……

他不敢？不能？不愿？还是，他压根儿就不认为有什么问题？

1913 年，泰戈尔以《吉檀迦利》又叫《颂神诗集》这部“奉献给神的祭品”获得了诺贝尔文学奖。获奖的理由是：“由于他那至为敏锐、清新与优美的诗，这诗出之于高超的技巧，并由于他自己用英文表达出来，使他那充满诗意的思想业已成为西方文学的一部分。”

此刻，俄国的列夫 · 托尔斯泰已经去世三年，不朽的伟大著作《战争与和平》《安娜 · 卡列妮娜》《复活》已问世多年，纵然他被称颂为“最清醒的现实主义”的“天才艺术家”，然而，由于翻译这只拦路虎和意识形态方面的种种牵制，他那伟大的思想与才华，很久以来并没有“成为西方文学的一部分”……这个诺贝尔文学奖啊……获奖，意味着什么不意味着什么，永远耐人寻味……

不过，对于泰戈尔本人的卓越才华自然是毋庸置疑的。就连这个在 52 岁上得来的奖项，或许我们也可以问，这里边，焉知就没有他身畔那个小他十多岁的女子的贡献呢？——是不是正是因为现实的种种无法言说的苦楚和难以名状的欢乐交织在一起，才让他只能以燃烧心灵之火这种方式来表达自己对于所处时代的所有复杂情愫？

泰戈尔的亲戚们后来回顾他的婚姻，明白地说过他起初对这门亲事是不那么中意的，然而年轻的他完全不敢忤逆父亲、对抗传统。

泰戈尔的家族属于印度高贵的婆罗门种姓，父亲是加尔各答地方印度教领袖。然而，从他祖父的时代起，这个家族因为在经营外贸和地产的商业活动中，必须经常同洋人和穆斯林打交道，还要漂洋过海去欧洲做生意，在正统的婆罗门看来，这个家族的人已经离经叛道，已经被污染了、不纯洁了，因此，就称他们为“比拉利”婆罗门（孟加拉语的意思为“不洁净的”），到了谈婚论嫁的时候，那些“纯净的婆罗门”就不愿意把自己的女儿嫁过来。

而穆里娜莉妮·黛薇，这个9岁多的小女孩之所以能够和当时已经名声显赫的泰戈尔成亲，唯一的原因是，她娘家是“纯净的婆罗门”，但是一贫如洗。

男方希图她家的高贵种姓，女方希图他家的富贵荣华，这桩不必征求两个当事人意见的、一辈子的大事就这么成交了。

在以后的生活中，泰戈尔一直称他的妻子为“小媳妇”。

不到10岁的穆里娜莉妮·黛薇相貌平平，大字不识，却天生性情和顺。在与泰戈尔共同生活的二十年里，这个小媳妇处处显示了她的不平凡。为了能对丈夫的工作有所帮助，她不仅精心照顾丈夫的生活，抚育了五个孩子，还努力学习，掌握了孟加拉语，学会了英语和梵语。在丈夫的指导下，后来居然能用孟加拉语改写梵语的简易副本《罗摩衍那》。

一个人聪慧，好学，肯上进，放在全世界任何地方都是优点；那种茶余饭罢，将她放在膝盖上，辅导小女弟子读书写字的乐趣也自有其美妙之处。所以，这对年龄悬殊、文化层次迥异的夫妻，相处得总体来讲算是不错。

一方面是泰戈尔本身那种相对柔软的性格；另一方面，从常情和文化背景上去推测，我们更有理由相信，是那永远在仰望着他的小媳妇无条件地在退让。

他是她的神。她把自己像献祭一样全部献给了这尊神。

她不到 13 岁时，为他生下了第一个孩子，然后是第二个、第三个……五个子女相继到来，全都是她一手操持抚养；他终日点灯熬油写作冥想，她像女仆一样废寝忘食端茶倒水伺候；他要创办桑地尼克坦学校，她在繁重的家务之余，努力使自己成为丈夫的得力助手；在办学经济发生困难时，她把自己的首饰全都捐了出来；甚至，在泰戈尔主持的《国王与王后》的演出中，她勇敢地登台参加了演出……

基督教的圣歌里唱道:“爱是恒久忍耐，又有恩慈。爱是不嫉妒，爱是不自夸，不张狂，不做害羞的事。不求自己的益处，不轻易发怒，不计算人的恶。凡事包容……” 穆里娜莉妮 · 黛薇不是基督教徒，她却用自己的一生践行了这份人类“不可能达到的爱”。

女人，或许是不能太早结婚生子呀，不能太劳力又劳心，所以，她仅仅活到了32岁，就一病不起。也说不定，是天上的神看她太辛苦，实在怜悯她吧，所以才这么早就把她收回去。让她芳心大慰的是，在她卧病的最后两个月中，她的丈夫泰戈尔昼夜守护着她，不肯让护士替代。

可是，除安娜之外，还有她——卡丹巴丽——那个从新婚之际就如一柄刀刺在他们之间的女人——她多么希望能听到他的悔意，哪怕就一点点，然而，他没有……

卡丹巴丽是泰戈尔的亲哥哥的妻子。对这个热爱文学的嫂子，泰戈尔对她保持着一种热烈的友谊和一种强烈的柏拉图式的依恋之情。他在婚前，曾经热烈地为她写诗，后来，还将几部书题献给她。值得注意的是，此时安娜死去还不到两年。而这个嫂嫂，在泰戈尔结婚后4个月，撇下了几个亲生子女，自杀身亡，时年25岁。

又一个为了他这个大诗人而死去的女子。

身为他的新嫁娘，对这桩人尽皆知的家族丑闻，穆里娜莉妮·黛薇心里会是什么滋味？谁能体味她的难堪处境？可是，她一生也不敢提起一句。

临终前，她用她已经失神的眸子，无比留恋地看着她那伟大的丈夫，咽下所有的苦痛哀怨，默然合上了那双善良的黑眼睛……

那一夜，泰戈尔守在她的灵前，肝肠寸断，彻夜未眠。

死亡，可以带走一切，但也有很多人心深处的东西，带不走。后来的岁月里，泰戈尔写了27首诗献给亡妻。其中有一首《情债》这样写道：“你的完美，是一笔债，我终生偿还，以专一的爱。”

时年四十刚出头的泰戈尔果然没有再娶妻，他活到了八十高龄才仙逝。后半生中，有很多女性对他流露出爱慕之情，写了无数的情书，而泰戈尔的誓言未变。

或许，可以这样理解，直到此刻，这个写诗画画弹琴的大男孩才终于成熟、长大？不肯再让女人伤心、失意；不肯再接受一个娃娃，来做他的新娘。

没有其他可能，种姓制度下，父母健在的他，在他那个时代，即便再娶，也依然不会脱离娃娃新娘的范畴。哪怕他获了诺贝尔文学奖。所以，现在的我们更愿意相信，是时光，是成长，是智识，是真心的忏悔，是走过世界上很多地方之后的广博见闻，是身为一个已经完全成熟的印度知识分子对于不合理制度的反抗，让他决然而然、拒绝重蹈覆辙。当然，我们更愿意相信，是二十年的婚姻让他真正懂得了——爱。

在他这首极其著名的诗《世界上最远的距离》的尾声，他无限哀婉地写道：

世界上最远的距离
不是树与树的距离
而是同根生长的树枝

却无法在风中相依

……

世界上最远的距离

是鱼与飞鸟的距离

一个在天

一个却深潜海底

前尘往事，如梦如幻如泡如影如露如电。可贵的是人生在某一个节点上的开悟与审思。从这个角度来说，或者一切都还不晚……

隔了近两百年的时光，回望这个世界级的文学家、哲学家，阅读他那些依然流芳的《飞鸟集》《园丁集》，清晰地感到，这个当时的文弱书生，其实，也如同圣雄甘地一样，有着柔软而又刚强的风骨……

这风骨，让我们这些平凡之人和他们之间，也产生了很远很远的距离……

高山流水遇知音

又是一年烟花三月，乘着风驾一叶扁舟，去一个地方，绍兴。

这个融“中国山水”和“诗画江南”于一体的古老水城，是公认的“山清水秀之城、历史文物之邦、名人荟萃之地”。历史上李白、杜甫、白居易、孟浩然等四百多位著名诗人都来过这里，留下了无数赞美的绚丽诗篇。它为中国贡献了兰亭、禹陵、东湖、沈园、鲁迅故里、蔡元培故居、周恩来祖居、秋瑾故居、马寅初故居、王羲之故居、贺知章故居等一串文化明珠。无论拈起哪一颗，都是熠熠生辉。今天，让我们探访绍兴市区萧山街笔飞弄 13 号——这是一座始建于明代晚期的蔡氏几代聚居的古建筑，一代文化巨人蔡元培在这里度过了他的青少年时代。

现代人，常常会以为，我们现在所有的一切，比如男女恋爱、夫妻平等、自由权利等，都是天然就应该有的，没有，才叫“有悖人性”。——哪里是这样，殊不知，那是前人花了多少精力和时间，像披荆斩棘的斗士一样，一点点闯出来，慢慢才形成了今天的格局。回望他们的经历，你会觉得，夜，好长；路，好远；既存的社会道德传统的力量，好严苛、好强大。想做一个有思想、有梦想、欲求新求变且真正具有行动力的中国人，真的是太难了！

蔡元培，这个中国文化巨人，便是从眼前这幢“铁屋子”里探出头来大口呼吸的勇者之一。他以他的亲身经历，诠释了一代文明先驱在恋爱婚姻方面的探索与实践。

1.《夫妻公约》致姣姣洁妇

让我们先来看一份恐怕是古老中国独一无二的《夫妻公约》。

“公约”是指各个国家、部门、人员之间的一个共同遵守的约定，一般是大家就有关国家、部门、人员之间的利益问题进行公开讨论达成一致的意见，并且同意遵守的一个规定。

夫妻间还要什么“公约”？具体有些什么内容？——请看。需要耐心，还需要把意念拉回到这份公约出现的那个年代：1900年……

1900年，在中国历史上是一个有太多大事件发生的年份：1月9日，山东义和拳数百人，将直隶清河大寨庄教堂焚毁后返回山东；1月24日，慈禧太后诏立端王载漪之子溥儁为大阿哥，欲废光绪帝；6月7日，义和团纷纷涌入京城；8月15日，八国联军进入北京，慈禧太后偕光绪帝等离京西逃……

国事风雨飘摇，令人忧患，然而百姓的平常生活还是得一天天往下过。那一天，有位退居乡里的知识分子拿起纸笔写下了这些文字——放在人类历史的长河中去看，它也自有其不可小觑的意义：

一、《礼》《中庸》记曰：君子之道，造端夫妇，及其至也，察乎天地。《大学》记曰：欲治其国者，先齐其家。夫妇之伦，因齐家而起也。齐者何？同心办事者是也，是谓心交。若乃见美色而悦者，如小儿见彩画而把玩之，文士见佳作而赞叹之耳，是谓目交。心动而淫者，如饥者食，寒者衣耳，是谓体交。男子见美男，女子见美女，皆有目交也。两男之相悦，如娈童。两女之相悦，如粤东之十姊妹。皆有体交也。非限于男与女者也。然而，统计全球之例，目交之事，溥通也而无所禁。（有省略）

二、既知夫妇以同心办事为重，则家之中，为主臣之别而已。男子而胜总办与，则女子之能任帮办者嫁之可也；女子而能胜总办与，则男子之可任帮办者嫁之亦可也，如赘婿是也。然妇人有生产一事，易旷总办之职，终以男主为正职。

三、既明主臣之职，则主之不能总办而以压制其臣为事者，当治以暴君之律；臣之不能帮办而以容悦为事者，当治以佞臣之律。

四、传曰：君择臣，臣亦择君。既明家有主臣之义，则夫妇之事，当由男女自择，不得由父母以家产丰俭、门第高卑悬定。

五、持戟之士失伍，则去之；士师不能治士，则已之，为其不能称职也。君有大过，反复之而不听，则去，为其不能称职也。既明家有主臣之义，则无论男主、女主，臣而不称职者，去之可也；主而不受谏者，自去可也。

六、国例，臣之见去与自去者，皆得仕于他国。则家臣之见去与自去者，皆得嫁于他家。

七、所谓同心办事者，欲以保家也。保家之术，以保身为第一义，各保其身，而又相互保也。

八、保身之术，第一禁缠足。

九、饮食亦保身之至要者也。当依卫生之理，不得徒取滋味而已。

十、衣服亦保身之具也。统地球核之，以满洲服为最宜，宜仿之。髻用苏式，履用西式。

十一、居处亦保身之要也，宜按卫生之理而构造之，且时时游历，以换风气。

十二、保家之术，以生子为第二义。

十三、生子之事，第一交合得时。

十四、生子之事，第二慎胎教。

十五、子既生矣，当养之，一切依保身之理。

十六、养子而不教，不可也。教子之职，六岁以前，妇任之；六岁以后，夫任之。

十七、教子当因其所已知而进之于所未知，以开其思想之路。

十八、教子当令有专门之业，以养其身。

十九、教子不可用威吓朴责，以养其自立之气。

二十、教子不可用诳语，以养其信。

二十一、教子当屏去一切星卜命运仙怪之谈，以正其趣。

二十二、保家之术，不可不谋生计。

二十三、有生计矣，不可不知综核家用，量入为出。

二十四、保家之术，当洞明我国现情及我国与外国交涉之现情，国亡家不能独存也。

二十五、保家之事，如此其繁也，则不可不惜时。男子之征逐也，女子之妆饰也，凡费时而无益者，皆遵节之。

看完了？感到冗长，但也心生感慨，是吧？让我再来告诉你，这份公约的立约者，就是蔡元培和他的结发妻子王昭。时年，蔡元培 32 岁，王昭 35 岁。他们俩，已经经历了 11 年的婚姻生活，这才出现了这份意味着夫妻反思的“时代产物”。

1889 年，21 岁的蔡元培在为母亲守孝三年期满后，遵守母亲在世时为他包办的婚约，娶了同乡这位比他大三岁的女子王昭。

人都说，“女大三，抱金砖”，是很好的婚配组合；这女孩也是母亲在世时看好的，可是，小夫妻俩的新婚生活，起初并不如意。

王昭是典型的吴侬女子，特别爱干净。这原本没有什么不对，但一个人如果将爱干净发展到了“洁癖”，那就可能要出现“太高人愈妒，过洁世同嫌”的程度了。这不，她的新郎官一看到她这样就忍不住感到心烦：她每天不停地擦擦洗洗；她动用的坐席、食器、衣巾等都禁止人触摸；她每次睡觉前必须先脱去外衣，然后脱去衣裙之类，再用毛巾擦拭头发……她自己考究也罢了，她当然也会如此来要求别人，恨不得将新婚的丈夫也天天泡在水盆中洗到发白！而且，出生在小户人家的她过日子花钱还极为俭省……

天下有几个男人能受得了这样？何况她的夫君蔡元培哉？

出生在1868年1月11日的蔡元培，5岁即入家塾开蒙，虽然9岁丧父18岁丧母，但这个商贾世家生养出来的神童特别懂得上进。蔡元培17岁考取秀才，18岁就能够设馆教书。和王昭结婚的同年他考中了举人。——范进为中举，直考了半辈子，人家蔡元培22岁就做了举人老爷！这还不够，23岁时，他进京会试得中成为贡士，未殿试。25岁时，经殿试中进士，被点为翰林院庶吉士。殿试策论成绩为二甲三十四名（非常优秀的成绩相当于全国统考第三十七名），内容是“西藏的地理位置”。27岁时，春应散馆试，得授职翰林院编修（翰林院编修主要是诰敕起草、史书纂修、经筵侍讲，职务相当于现在中央办公厅和政策研究室的秘书）。这个聪慧绝伦的绍兴读书种子，只用了十年时间，就完成了多少中国读书人一辈子都在巴望的读书赴考做官之梦想。

这样一个少年得志、才高八斗之人，怎么能受得了一个妇道人家的细细碎碎？

他们俩经常吵闹。

所有患洁癖的人，都可以说是患有强迫症。而强迫症，则属于轻度精神疾病的范畴，表现在日常来说，就不太容易与人和谐相处。比如著名的倪瓒，《明史 · 倪瓒传》上记载：“倪瓒为人有洁癖，盥濯不离手。”谁能受得了？所以，在最初的几年里，蔡元培感到和妻子过日子非常痛苦，就更别提去爱她了——这样的女子，因为精神上的洁癖，也很难让她去过正常的夫妻生活。再好的女孩也不能一夜就长大，迅速进入完美妻子的角色，成为宜室宜家的女人。

五年光阴就这么灰扑扑地过去了，快得似乎不曾惊动什么，然而毕竟他们两个都在这日子里不断褪去青涩，慢慢成熟。

1894 年 11 月 13 日，蔡元培和王昭迎来了他们夫妻生活的一个重要转折期：他们的长子阿根出生了！

正如李白的《长干行》中说：“十四为君妇，羞颜未尝开。低头向暗壁，千唤不一回。十五始展眉，愿同尘与灰。常存抱柱信，岂上望夫台。”女人需要时间，需要耐心和包容，没有男子的承托，女人无法体会做母亲的喜悦。

中国人喜欢说“有子万事足”，大才子蔡元培也不能免俗。用喜出望外来形容他的心情真是一点也不为过。在王昭坐月子期间，蔡元培一反常态，留在绍兴家中悉心照顾她们母子，直到满月后才返回北平，继续在他的翰林院上班。更让王昭没有料想到，原先一直“不待见”自己的丈夫，甚至主动提出来要尽早接他们母子到北平官衙里一起生活！

这可真是……五年来，这是头一遭啊。王昭抱着小婴儿，眼泪扑簌簌地落下来。南方地气暖，窗外的春天似空谷幽兰，发出一声声悠长而欢喜的叹息。

三个月后，王昭携子乘轮船行程五天到天津，她的丈夫蔡元培，亲自赶到天津将她们娘儿俩接到北平。蔡元培这个人一生不置房产。除了老家的祖宅，他无论去到哪里都是租赁房子居住。当然，以他的俸禄、身份，他租住的房子条件都不会差。只是，土生土长在江南的王昭初到北平，难免对天寒地冻的北方水土不服，小婴儿阿根也时有不适。好在蔡元培早为夫人和儿子雇到一位能干麻利的女仆承担家务，他自己也将以往不曾有过的好多精力与爱心放在了妻儿身上。一大家子快快活活的日子过了起来。四年后，王昭为他生下了第二个儿子，取名无忌。——从这个别有意味的名字里，可以窥到那做父亲的内心的自在与满足……

生活变得丝丝入扣，男女都在朝夕相处中学会温柔、谦让，孩子，犹如两人的爱情结晶，将彼此多年赋予的深情悉数回报。这对夫妻的感情姿态都由被动转为主动，唯愿白头到老，一生不负彼此。蔡元培还告诉好友："伉俪之爱，视新婚有加焉。"

可是，王昭依然还是按照一直以来的习惯，叫自己的丈夫为"老爷"。为此，思想越来越进步，并亲身参与了百日维新的蔡元培还嗔怪她："你以后可不要再叫什么'老爷'，也不要再称什么'奴家'了，听了多别扭呀？"

王昭笑眯眯地说："唉，奴家都叫惯了，总是改不过来呢。"

"你呀，真拿你没办法。看来，我们得定个家庭公约了。"

《夫妻公约》就这样问世了。蔡元培逐字逐句地讲解给妻子听，妻子倚在他的身边，笑意盈盈。以精准的体味与表达，让感情层层递进，深入发肤。其间的细致深婉，埋藏了夫妻间的多少隐秘风流。而这一切，都是他在与她所思所想所相处多年之后的情感抒发啊，做妻子的，岂能不满心喜悦？

“老爷……”又一次，她以吴侬软语刚刚轻唤出这两个字，他假装瞪着她嗔道：“看看看，不让你这么叫，还叫？”

谁能想到她果真就再也不叫出声了呢？——中日甲午战争后，蔡元培目睹清政府腐败无能，加上康有为、梁启超变法失败，遂弃职携眷出京返回绍兴老家。然而，不知何故，王昭回乡半年多来，经常低烧不退，每日午饭后便喜睡，口渴，饮水后即呕吐。

一天，蔡元培正在浙江嘉兴商办会馆、义塾时，得到王昭病重的口信，顾不得吃中饭，饿着肚子便赶路急回绍兴，请医生看病、配药。煎了药，王昭仅能喝两三口药汤而已，多喝便呕吐，仍整天嗜睡。

挨到1900年6月5日这一天，王昭陷入长久的昏睡中。蔡元培派三弟去请医生，他自己在房门外不时看看王昭是否醒来。傍晚时分，医生尚未请来，蔡元培叫无忌的奶妈进房间去问问王夫人喝不喝开水？奶妈进房后，低唤不应，急忙伸手至鼻已无气息，惊呼：“不好了！不好了！”蔡元培急忙来到床边，抚脉，脉微动。医生赶到时，年仅35岁的王昭已仙逝。容颜如玉，如入梦中。

一生爱洁的她，质本洁来还洁去。

和终生陪侍苏东坡的王朝云一样，王昭也曾在生前问过夫君：“人死后之幽灵当居何处？”她的丈夫蔡元培在挽联中回答她：“有子二人，真灵魂所宅耳。”

一期一会。

蔡元培这才知道，他与这个洁白雅致的江南女子的缘分只有11年，期间还有差不多一半是在龃龉中度过的……回想起那些已经逝去的、任性迷茫的青春岁月，怎不让人泪湿青衫。

2.《征婚启事》招丹青女史

妻子王昭过世后，刚满32岁的蔡元培很快就被不断上门提亲的媒人缠住了手脚。

亲身经历过“父母之命，媒妁之言”的蔡元培，对这种旧式“提亲”内心根本不再赞同。为避免不必要的麻烦，他当着众媒人的面，磨浓墨、铺素笺，挥毫写下了一张《征婚启事》贴在书房的墙壁上。内容是：第一，不缠足的女性；第二，识字的；第三，男子不得娶妾、不能娶姨太太；第四，如果丈夫先死，妻子可以改嫁；第五，意见不合可以离婚。

不缠足！改嫁！离婚！这这这……这也忒先进了吧！放眼那会儿的整个中国，有几个不裹足、会认字、能接受改嫁甚至是离婚的姑娘？

消息传开后，保守风气下的绍兴人顿时被吓得咋舌，再也没有谁家敢托媒人来蹚这“新风尚浑水”啦。蔡元培也正好落得几天清静。

不过，上天的安排，谁也躲不过。

1901年夏，蔡元培受邀到朋友家做客，无意中看到客厅里的一幅工笔画，只见色彩柔雅、线条秀丽、字迹灵动，不由得就吸引住了本来就对“美育”心向往之的蔡元培。向朋友一打听，原来，作者是一位女性，名叫黄仲玉，是江西名士黄尔轩的女儿。黄尔轩曾任浙江温州府永嘉县二溪巡检，黄仲玉自幼随父宦游，聪颖过人，尤好丹青。开明的父亲非常疼爱这个女儿，思想也走到了时代的前面，他反对给她缠足，并热心支持她的爱好，以致她竟然通过自学，掌握了诗、书、画诸法，所画兰、菊，有天然之趣，友朋间都视她为才女。后遭时乱，父失职流落江湖，黄仲玉遂卖书画以补家用。

听完朋友的介绍，蔡元培心上一动，忍不住又来细看那幅画。朋友便问道：“孑民兄，《征婚启事》贴出来一年多了，不知是否已经找到意中人？”见蔡元培摇了摇头，朋友便问：“此女子可否合适？”

蔡元培看着黄仲玉的书画笑道：“那也要看人家小姐能不能接受我的《征婚启事》才行哪？”

一把钥匙开一把锁。新女性黄仲玉一看到他那个标新立异的《征婚启事》，竟然大为感动，深觉志同道合，一点不含糊地首肯了。

1902 年元旦，蔡元培在杭州举办了他一生中的第二次婚礼。

婚礼前，蔡元培与黄仲玉就议定，婚礼要节约、免俗，而且要中西合璧。婚礼上，夫唱妇随，不循浙俗挂三星图，而用大红幛绣孔子二字悬于中堂，以示尊崇文明和教育。如果说这还算中规中矩，那么以“演说会”代替闹洞房，就着实有点新鲜了。

首先，由陈介石引经证史，阐明男女平等的要义，然后由宋平子辩难，他主张实事求是，勿尚空谈，应以学行相较，他的原话是："倘若黄夫人的学行高出于蔡鹤卿，则蔡鹤卿当以师礼待黄夫人，何止平等呢？反之，若黄夫人的学行不及蔡鹤卿，则蔡鹤卿当以弟子视之，又何从平等呢？"在场的宾客觉得饶有兴味，都想听听新郎的高见，于是蔡元培折中两端："就学行言，固然有先后之分；就人格言，总是平等的。"此言一出，朋友们热烈鼓掌，笑声雷动。

蔡元培与黄仲玉的婚礼，开一代新风，一直为友人传为佳话。

婚后，蔡元培同蒋智由等在上海创办中国教育会并任会长，创立爱国学社、爱国女学，并被推为总理。黄仲玉则随蔡元培赴沪，于登贤里爱国女子小学任教师。生活中，夫妇二人相敬如宾，感情十分融洽。都是走在时代前沿、具有新思想的知识分子，也都经历过生活和岁月的磨砺，——那些过分恣意的青春已经远去。彼此懂得，彼此爱敬，知道容让，晓得克制……这已经比千千万万人都要好的生活来到身边，还要怎样？怎会，不珍惜？

然而，时代还是不能一步就到达理想的彼岸的，人生的磨难也必然会出现。1903 年，爱国学社的活动引起清政府的不满，蔡元培成了被清政府侦讯的人。这个政府，曾经以他的盖世才华赠他以荣光，现在他成了它的"敌人"，双方心上都很苍凉。

那段岁月里的蔡元培辗转在青岛、日本、绍兴、上海等地，一方面学习德语，准备赴德留学以躲避风头，一方面仍从事教育和革命活动。而他的妻子黄仲玉，像宋庆龄追随国父那样，也一直追随在蔡元培身边。山河岁月飘荡，但有一个灵魂对另一个灵魂的深度认同，纵然四海为家，又何妨?

1904 年至 1907 年，女儿威廉和儿子柏龄先后在上海与绍兴出生。1912 年，黄仲玉携子女随蔡元培赴德国。在德国的四年，蔡元培编著了《中国伦理学史》，黄仲玉悉心校对、编辑，做了多少辅助性工作，只有他们夫妻才知晓。第一次世界大战前的德国，是当时世界上最美好的国度之一，物质上丰盛时尚，精神上充沛饱满。屋舍里书卷气浓浓，一双小儿女在春日的花园里嬉戏，夫妻俩慢慢斟上一杯茶，从眼底里荡漾出的都是欢喜。

1916 年 10 月，蔡元培应邀就任北大校长而回国。北大校长这个职务，是蔡元培一生的至高点，美国著名学者杜威说过:“拿世界各国的大学比较，牛津、剑桥、巴黎、柏林、哈佛、哥伦比亚等，这些校长中，在某些学科上有卓越贡献的，不乏其人。但是，以一个校长身份，而能领导那所大学，对一个民族、一个时代起到转折作用的，除蔡元培而外，恐怕找不出第二个。”

可是，当年蔡元培在那个时代为北大付出的种种，他所遭遇的艰难险阻，他的苦痛哀愁愤怒欢乐，除了他的妻子黄仲玉恐怕这个世界上再没有谁能知晓。甚或是连她，恐怕也不见得全都知道。那做丈夫的，怎么忍心，把那些丑恶、阻挠、嘲讽等不堪一一告诉她?

不告诉，她难道就不会体会吗?一个精通诗书画意的女子，怎会是一个不懂得人心复杂的粗鲁之辈?她唯有倾心倾力地、更多地去爱他!怜他!帮他!辅佐他!为此，不惜，丢下了挚爱的画笔，只为把每一分钟都节约下来，陪他……

是不是这个聪慧女子感受到了上天的什么神秘旨意呢？所以她才那么奋不顾身？

一心一意照料丈夫、抚育子女、操劳家务的黄仲玉，在1920年底病了。这些年，她没少生病，总是在与丈夫被迫离别时就要病一场，好在不久即能痊愈。这一次，又是在她得知蔡元培要赴欧洲等地考察之际，她住进了法国人办的一家医院。蔡元培非常牵挂，日日在公务之余跑到医院去陪伴。他说，你不好起来，我是不会走的。她回答，放心，我很快就会好的，我的身体自己最知道。他们俩的伉俪情深，把医生都感动了。医生说，校长先生，您就尽管去吧，尊夫人马上就可以出院了！

蔡元培这才略略安心地走出病房，登上了前往欧洲的游轮。临行前，他们坐在秋阳下，他为她亲手梳了发髻，她安静地微笑着，一任他的照顾。

然后，她看着他的背影从眼前消失……不知怎的，眼泪就上来了，像那绵绵的秋雨。她想起林黛玉的诗，越发悲催："秋花惨淡秋草黄，耿耿秋灯秋夜长。已觉秋窗秋不尽，那堪风雨助凄凉。谁家秋院无风入，何处秋窗无雨声？连宵脉脉复飕飕，灯前似伴离人泣。"

不久，正在大海中航行的蔡元培收到一个令他如五雷轰顶般的加急电报：黄仲玉病情突然恶化在医院溘然长逝！

什么叫天茫茫、海茫茫、心茫茫……

这是天要灭他吗？夺他一生所爱！

黄仲玉的去世对蔡元培的打击无疑是巨大的，他在《悼亡妻黄仲玉》一文中写道：

鸣呼！仲玉，竟舍我而先逝耶：自汝与我结婚以来，才二十年，累汝以儿女，累汝以家计，累汝以国内、国外之奔走，累汝以贫困，累汝以忧患，使汝善书、善画、善为美术之天才，竟不能无限发展，而且积劳成疾，以不得尽汝之天年。鸣呼！我之负汝何如耶！

我与汝结婚之后，屡与汝别，留青岛三月，留北京译学馆半年，留德意志四年，革命以后，留南京及北京阅月，前年留杭县四月，加以其他短期之旅行，二十年中，与汝欢聚者不过十二三年耳。鸣呼！孰意汝舍我如是其速耶！

凡我与汝别，汝往往大病，然不久即愈。我此次往湖南而汝病，我归汝病剧，及汝病渐痊，医生谓不日可以康复，我始敢放胆而为此长期之旅行。岂意我别汝而汝病加剧，以至于死，而我竟不得与汝一诀耶！我将往湖南，汝恐我不及再回北京，先为我料理行装，一切完备。我今所服用者，何一非汝所采购，汝所整理！处处触目伤心，我其何以堪耶！

汝孝于亲，睦于弟妹，慈于子女。我不知汝临终时，一念及汝死后老父、老母之悲切，弟妹之伤悼，稚女、幼儿之哀痛，汝心其何以堪耶！汝时时在纷华靡丽之场，内之若上海及北京，外之若柏林及巴黎，我间欲为汝购置稍稍入时之衣饰，偕往普通之场所，而汝辄不愿。对于北京妇女以酒食赌博相征逐，或假公益之名以骛声气而因缘为利者，尤慎避之，不敢与往来。常克勤克俭以养我之廉，以端正子女之习惯。呜呼！我之感汝何如，而竟不得一当以报汝耶！

汝爱我以德，无微不至。对于我之饮食、起居、疾痛、疴养，时时悬念，所不待言。对于我所信仰之主义，我所信仰之朋友，或所见不与我同，常加规劝，我或不能领受，以至与汝争论；我事后辄非常悔恨，以为何不稍稍忍耐，以免伤汝之心。呜呼！而今而后，再欲闻汝之规劝而不可得矣，我唯有时时铭记汝往日之言以自检耳。

汝病剧时，劝我按预约之期以行，而我不肯。汝自料不免于死，常祈速死，以免误我之行期。我当时认为此不过病中愤感之谈，及汝小愈，则亦置之。呜呼！岂意汝以小愈促我行，而竟不免死于我行以后耶！

我自行后，念汝病，时时不宁。去年 11 月 26 日，在舟中发一无线电于蒋君，询汝近况，冀得一痊愈之消息以告慰，而复电仅言小愈；我意非痊愈，则必加剧，小愈必加剧之讳言，聊以宽我耳，我于是益益不宁。到里昂后，即发一电于李君，询汝近况，又久不得复。直至我已由里昂而巴黎，而瑞士，始由里昂转到谭、蒋二君之电，始知汝竟于我到巴黎之次日，已舍我而长逝矣！呜呼！我之旅行，为对社会应尽之义务，本不能以私废公；然迟速之间，未尝无商量之余地。尔时，李夫人曾劝我展缓行期，我竟误信医生之言决行，致不得调护汝以蕲免于死。呜呼！我负汝如此，我虽追悔，其尚可及耶！

我得电时，距汝死已八日矣。我既无法速归，归亦已无济于事；我不能不按我预定计划，尽应尽之义务而后归。呜呼！汝如有知，能不责我负心耶！汝年爱者，老父、老母也，我祝二老永远健康，以副汝之爱。汝所爱者，我也，我当善自保养，尽力于社会，以副汝之爱。汝所爱者，威廉也，柏龄也，现在托庇于汝之爱妹，爱护周至，必不让于汝。我回国以后，必躬自抚养，使得受完全教育，为世界上有价值之人物，有的贡献于世界，以为汝母教之纪念，以副汝之爱。呜呼！我所以慰汝者，如此而已。汝如有知，其能满意否耶！

汝自幼受妇德之教育，居恒慕古烈妇人之所为。自与我结婚以后，见我多病而常冒危险，常与我约，我死则汝必以身殉。我谆谆劝汝，万不可如此，宜善抚子女，以尽汝之母之天职。呜呼！孰意我尚未死，而汝竟先我而死耶！

我守我劝汝之言，不敢以身殉汝。然后早衰而多感，我有生之年，亦复易尽；死而有知，我与汝聚首之日不远矣。

呜呼！死者果有知耶？我平日决不敢信；死者果无知耶！我今日为汝而不敢信；我今日惟有认汝为有知，而与汝作此最后之通讯，以稍稍纾我之悲悔耳！呜呼！仲玉！

之所以又一次全文引用，是因为感动。身为写作者的我当然不会不懂得做文章的规矩，可是，既然我所描写的先生蔡元培本身就是个敢于打破一切规矩的人，我们为什么不能打破“引用过度”的规矩，沉下心来好好品读一下这篇名为《悼亡妻黄仲玉》的经典优秀抒情散文？——若错过了此时此刻的阅读心境，你以为，你还会从别处再找来一阅？很难了。人心就是如此。有些东西，一旦过去，就很难再去追寻。

18年坎坷人生路，深爱他的书画才女猝然而去。“命硬啊！”乡里的人们这样叹道，“幼年克父母，成年克老婆！幸好没有把女儿嫁给这个八字硬的汉子！”

可是，尽管口里这么说，他们也分明看到，早已经名满中华的蔡元培在1920年初与李石曾、吴敬恒，利用庚子赔款，创办中法大学于北京。蔡元培任校长。1920年2月，蔡元培下令允许王兰、奚浈、查晓园3位女学生入北大文科旁听，当年秋季起即正式招收女学生，开中国公立大学招收女学生之先例。1920年5月，蔡元培聘任地质学家李四光出任北京大学地质系教授，邀著名作家莎菲（陈衡哲）回国任北京大学文学教授，8月聘鲁迅为北京大学讲师……

后人评价：自蔡元培始，中国才形成了较完整的资产阶级教育思想体系和教育制度。他的“思想自由，兼容并包”的主张，使北大成为新文化运动的发祥地，为新民主主义革命的发生创造了条件。……

事业可谓攀到了最高峰，然而上天却让他的老婆一个接一个地死去！这是什么样的诡异人生啊？

纳兰容若曾有悼亡词《临江仙》，莫非只为配他此时心境：“点滴芭蕉心欲碎，声声催忆当初。欲眠还展旧时书。鸳鸯小字，犹记手生疏。倦眼乍低缃帙乱，重看一半模糊。幽窗冷雨一灯孤。料应情尽，还道有情无？”

3.“三大条件”得女生秘书

成大事者，必有种种过人之处。譬如生离死别这样的事情，很多人只要经历上一次，恐怕都会影响终生，而蔡元培之所以称之为一代文化巨人，他的人生足可以说明此人的非同凡响。

1921 年 9 月 18 日胡适在自己的日记中记道：“洗浴。自浴堂打电话要蔡孑民先生家中。问蔡先生已于早十一时到京，就约定时间去看他。四时半，到他家。蔡先生精神甚健，虽新遭两件大不幸的事，——死了夫人与令弟——而壮气不少减退，甚可喜。”

好一个“精神甚健”，好一个“壮气不少减退”，可见蔡元培的坚定刚强！他独自承受自己当承受的，而把更多的精力投注在追求理想的事业中。这样的人，凡事都能看得透，看得开。

曹雪芹在《红楼梦》里借“得新弃旧”的藕官表达过自己的再婚观，他说：“这又有个大道理。比如男子丧了妻，或有必当续弦者，也必要续弦为是。便只是不把死的丢过不提，便是情深意重了。”蔡元培必是看过这一段的，而且和那宝玉一样“听说了这篇呆话，独合了他的呆性。不觉又是欢喜，又是悲叹，又称奇道绝……”

所以，在蔡元培 54 岁时，时任北大校长的他第三次决定续娶！

这一回，他又公布出了自己新的择偶条件：一、具备相当的文化素质；二、年龄略大；三、熟谙英文，能成为研究助手。

妻子加秘书不说，还得熟谙英语！这，哪里好找？可蔡元培就有这样的福气。他的挚友徐仲可先生及夫人何墨君很快就将一个名叫周峻的女子介绍给了他。

周峻是蔡元培原来在上海成立的爱国女校的一位学生，这位学生对蔡元培先生一直抱有一种敬佩与热爱的情感。她一直到33岁还没有结婚，这在当时的中国是难以想象的。她当然没有想到自己的等待，会有这样的结果……

蔡元培和周峻两人年龄相差22岁。由挚友徐仲可先生及夫人何墨君为介绍人，1923年7月10日，蔡元培和小他22岁的周峻在苏州留园，举行了结婚典礼。

婚礼按照苏州地区民俗风情办得简朴、隆重、热烈。身穿西装的蔡元培在婚礼上即席演说：

……一、我年已五十五，且系三娶，所欲娶者为寡妇，或离婚之妇，或持独身主义而非极端者，唯年龄须在三十岁以上；二、我熟悉德文，略通法文，而英文则未尝学好，故愿娶一位长于英文的女子；三、我不信宗教，故不欲以宗教中人为妻；四、我嗜好美术，尤愿与研究美术者为偶；五、我既辞去北京大学校长，即将去比利时或瑞士继续求学，有志愿留学欧洲的女子，有所欢迎。再是，希望是原有相应认识者。恰巧，周峻女士年三十三，原上海爱国女校毕业，曾改名为周怒清，有反清革命思想，学英文多年，非宗教中之人，亦嗜美术，油画作品有相当水平，有志游学。介绍人徐仲可先生认为周峻是一位“才、学、识三者具备之闺秀也”……

谁说人间没奇缘？这不就是？

“忘年新结闺中契，劝学将为海外游。鲽泳鹣飞常互且，相期各自有千秋。”蔡元培用这首七言诗，记下了他的第三次新婚。

这次的婚礼完全是现代文明式的，当时蔡元培到周峻下榻的宾馆迎接周峻，之后两人一起到苏州留园拍摄了结婚照，蔡元培身穿西装革履，周峻身披白色的婚纱，从头到脚就是诠释了两个字——时尚！

新婚不到半月，7 月 20 日，蔡元培和新婚的小妻子，携次子无忌、长女威廉、三子柏龄、内侄黄纪霆及黄纪兴在上海黄浦码头乘波楚斯号船赴欧洲考察。故蔡元培与周峻相当于是在赴欧游船上度完新婚蜜月的，正如蔡元培后来为周峻 46 岁生日所作贺诗中写到的“遂于蜜月里，海上听涛声”，别有情趣。周峻则擅长油画，曾为蔡先生描摹全身，“惟妙惟肖，确系神来之笔”。蔡元培十分喜爱，专为此题诗：“我相迁流每刹那，随人写照各殊科。唯卿第一能知我，留取心痕永不磨。”

这对老夫少妻，都喜吟诗，时常联句、唱和，生日必互赠贺诗，表达爱慕之情。在周峻 49 岁生日时，蔡元培为她赠诗一首：“蛩驱相依十六年，耐劳嗜学尚依然，岛居每恨图书少，春至欣看花鸟妍。儿女承欢凭意匠，亲朋话旧诩心田，一樽介寿山阴酒，万壑千岩在眼前。”周夫人亦有和作，其中有“天荒地老总不磨”一句，表达自己的心愿。

只无奈，寿数各人天定。

1940 年 3 月 5 日，也就是离周峻 50 岁生日还差两天的时候，蔡元培在香港因病逝世。令人感慨的是，他的遗言仅为两句话：“科学救国，美育救国”。

蔡元培逝世后，灵柩暂厝于香港东华义庄殡舍，同年安葬于香港仔华人永远坟场。墓右侧立黑色大理石墓碑一通，上书“蔡子民先生之墓”。

有关他，傅斯年说得最到位：“先生实在代表两种伟大文化：一曰，中国传统圣贤之修养；一曰，西欧自由博爱之理想。此两种文化，具其一难，兼备尤不可覯。先生殁后，此两种文化，在中国之气象已亡矣！”

好了！这一生，完美谢幕！感谢他所置身过的所有时代！感谢所有陪他过往的人们！尤其隆重致谢三位美好的女子！蔡元培是高山，你们如流水，高山流水遇知音，这人生，没有一丝不如意！

青春的童话

没有女人不喜欢他！

看，他那卷卷的头发，就像在金水中镀过，又被太阳晒出来了光泽和香气。他大大的眼睛，如蓝汪汪的海洋在不断闪耀着灵光。睫毛那么长那么密，简直就在招着让人去亲吻。鼻梁呢又那么高挺，眉毛线条俊朗，嘴巴红润秀美……这一切集中在那张轮廓柔和的娃娃脸上，是多么可爱、多么诱人啊。

然而，他死了！他居然自杀了！

1925 年 12 月 28 日，在列宁格勒一家旅馆里，人们发现年仅 30 岁的著名诗人谢尔盖·亚历山德罗维奇·叶赛宁自缢身亡。在他身后的墙上，留着他生前咬破手指写下的最后一首诗：

再见吧，我的朋友，再见吧。你永铭于我的心中，我亲爱的朋友。即将来临的永别，意味着我们来世的聚首。

再见吧，朋友，不必握手也不必交谈，无须把愁和悲深锁在眉尖——在我们的生活中，死，并不新鲜，可是活着，当然更不稀罕。

这个惊天的消息，这首意味深长的绝命诗，让俄罗斯的女人们哭成一片……

为什么呀！为什么呀！

1

1895年，叶赛宁出生在梁赞州一个农民家庭。在他还是幼儿时，他的父母就分居了，原因是母亲又生了孩子，而父亲不承认是他自己的。小叶赛宁被送到了外祖父的身边抚养长大。虽然这个家庭不愁衣食，然而这个没有了父母关爱的孩子还是有时觉得自己像是个孤儿。他经常一个人来到村边那个清凉的小水塘畔，不远处墨绿的森林送来阵阵松风，水塘就像翠玉一般明亮，鱼儿在里边游来游去，野鸭子嘎嘎叫着，似乎欲与他嬉戏。

俄罗斯田野的香味，流水的清音，大雁的飞翔，天空的明朗以及严冬的暴风雪，浸润到他的血肉里，让他在不知不觉中成长为一个异常漂亮又早慧的少年。这特质引起了他出生的那个村庄——梁赞州的康斯坦丁诺沃村中的主教的注意。这个神父培养教育他，并把他送到圣彼得堡的学校去读书。

在青少年时期，叶赛宁并不热衷于玩闹和诗歌，一表人才、生性多情的他，像宝二爷一样，特别喜爱女孩子。大约在15岁左右，他爱上了一位朋友的妹妹安娜，甚至梦想长大后与她结婚。后来，他和另外一个乡村姑娘玛丽娅·巴尔扎莫娃有过一段恋情，不过这段纯洁的爱没有维持多久，一对小儿女就分开了。1912 年他从师范学校毕业后，只身来到莫斯科，在印刷厂找到一份当校对员的工作，同时参加苏里科夫文学音乐小组，兼修沙尼亚夫斯基平民大学课程。

在此期间，叶赛宁结识了年轻姑娘安娜·伊兹里亚德洛娃，没两天便同居了。1915 年初，他们的儿子尤里出世，刚刚 19 岁的叶赛宁当上了父亲。肯定是因为太年轻了！他还没有这个心理准备，所以几个月后，他便离开了与他同居的女人和他的儿子，离开了莫斯科，动身去了彼得格勒。——他再也没有理会过这对母子，就像这辈子从来没有经历过这么一回事。

在彼得格勒，他梦都梦不到，凭借着发表在《小天地》杂志上的处女作抒情诗《白桦》，他一举成名。

这首诗将象征与比喻相融合，描绘了大自然的美丽与朝气，颂赞了青春和俄罗斯：

在我的窗前，
有一棵白桦，
仿佛涂上银霜，
披了一身雪花。

毛茸茸的枝头，

雪绣的花边潇洒，
串串花穗齐绽，
洁白的流苏如画。

在朦胧的寂静中，
玉立着这棵白桦，
在灿灿的金晖里，
闪着晶亮的雪花。

白桦四周徜徉着，
姗姗来迟的朝霞，
它向白雪皑皑的树枝，
又抹一层银色的光华。

白桦，在俄罗斯文化中具有重要的象征意义。它那挺立高耸的树干，光润白净的树皮，如同婀娜多姿的少女一样美丽。也由于白桦美丽、纯洁、执着的品格，深受俄罗斯人民的喜爱。白桦树可以让俄罗斯人民产生无尽美妙的想象，比如它代表着自己的国家和故乡。当谈到祖国，俄罗斯人首先联想到的就是白桦林，对于俄罗斯人来说，没有白桦树，森林就不算是真正的森林。白桦树还是俄罗斯女性的象征。如《俄罗斯的小白桦》这首歌，把白桦树看成亲人女性，抒发了快乐和难过，也表达了爱情的幸福……

在这样的文化背景之下，叶赛宁的这首诗能够一下子打动了很多很多人，便有了它根深蒂固的理由。

这首清新动人的诗歌以白桦为中心意象，从不同角度描写了它的美。满身的雪花、雪绣的花边、洁白的流苏，在朝霞里晶莹闪亮，披银霜，绽花穗，亭亭玉立，风姿绰约，表现出一种高洁之美。诗中的白桦树，既具色彩的变化，又富动态的美感。读这首诗，除了感受诗歌意境的美之外，还可以强烈地感受到诗人对家乡和大自然的热爱之情。

何况，这个作者，此时仅仅 19 岁！

叶赛宁像流星一样进入俄罗斯璀璨的文学星空。勃洛克、高尔基和马雅可夫斯基等都对这个年轻人伸出了热情友谊之手。20 岁上，叶赛宁出版了第一部诗集《亡灵节》。大家都说不要小看这个小家伙，他或许是俄罗斯的又一个希望！

这个小家伙在 1916 年春应征入伍，退伍后，于 1917 年秋天，飞快地与一个叫吉娜依达·拉依赫的女子结婚了。吉娜依达后来成为著名演员，但当时她只是彼得格勒一家报社的秘书和打字员。他们的婚姻只持续了四年，其间吉娜依达生了一女一男两个孩子，1921 年 10 月，他们离了婚。原因是，叶赛宁有了外遇。这个外遇的名头还相当大。

叶赛宁一生外遇不断，也一生诗情澎湃。他的诗歌是俄罗斯大自然、俄罗斯语言（包括童话、歌谣、乡村民歌、谚语和俗语、远古时代部分流传下来的咒语、哀歌、仪式歌曲）所独有的产儿。他的音韵放射着俄罗斯山川河流丽日星空的离合神光。在他的抒情诗中，大自然的美与诗人恋乡爱国之情达到了物我难分的境界，撼动着俄罗斯千千万万读者的心弦，更撼动着那些如飞蛾扑火般的女人的心。

都德曾经评论屠格涅夫说："他向我们描述的俄罗斯，不是历史的、人云亦云的那个伏尔加河的俄罗斯，而是一个麦子、花朵在骤雨下孕育的夏季的俄罗斯，有着茂盛的青草和嗡嗡的蜜蜂声的俄罗斯……"这话，拿来形容这个俄罗斯"乡村最后一个诗人"的叶赛宁，可谓也恰如其分。

2

叶赛宁的第二次婚姻，曾经引得大半个地球的瞩目。因为和他结婚的这个女人，不是别人，而是一代美国舞蹈家伊莎多拉·邓肯。

在20世纪初的欧美世界，身披薄如蝉翼的舞衣、自由自在赤脚跳舞的伊莎多拉·邓肯，走到哪里就会给哪里带来极大的轰动效应。她的舞蹈充满革命性，与一直统治着西方舞坛的芭蕾舞大相径庭，极具新鲜的创意。

与此同时，她的私生活也充满了革命性。她以其异想天开的爱情观和婚姻观，向传统的道德观念发出了挑战。她像换衣服一样变换情人，全凭一时的心血来潮和随时随地的心里感觉。为此，有人称她为"高级妓女"。

作为一个舞蹈家，她获得了极大的成功。她成为美国现代舞蹈的奠基人，并以自己创办的舞蹈学校，传播推广了她的舞蹈思想和舞蹈动作，影响了世界舞蹈的发展进程。

作为一个女人，她亦是饱尝了酸甜苦辣。她放纵自己的情欲，在男人的世界中恣意游戏，但同时也被这种放纵所累。由于她的不端作法，令她倾心的男人一个个离她而去。每到这时，她便陷入迷茫的苦恼和痛楚之中。而给她最大的打击是她与三位情人所生的孩子，一一因事故死去。

不过此刻，当我们叙述到她来到俄罗斯，邂逅叶赛宁时，她才 45 岁，还没有遭受命运给予她的锤击……

在马里恩戈夫写的一部名为《一部没有谎言的小说》的小说中，详细记述了叶赛宁和伊莎多拉·邓肯初相遇的情形……

她慢慢地向前走来，仪态端庄。她用那双晶亮的蓝色大眼睛环顾房间，瞥见叶赛宁时，她的目光凝视着他。她那小巧的嘴对他微微一笑。然后，伊莎多拉·邓肯斜倚在长沙发上。叶赛宁走过来坐在她的脚边。

她用手指抚摩着他的鬈发说："金色的头。"

当我们听到伊莎多拉·邓肯说出这几个字时，都感到很惊讶，她总共只知道别人教她的十几个俄语单词啊。然后，伊莎多拉·邓肯吻了吻叶赛宁的嘴唇，从她那鲜红的小嘴中，带着愉快亲切的语调，又说出一个俄语单词："天使。"

她又吻了他一下，说："魔鬼！"

凌晨四点，伊莎多拉·邓肯与叶赛宁走了……

1922 年初，叶赛宁住进了普列特奇斯坚卡 20 号漂亮的公寓，与伊莎多拉·邓肯同居。

27 岁的叶赛宁是个执拗任性的小孩子，而伊莎多拉·邓肯则是个爱着他的母亲。她深情的爱，足以使她宽容和原谅一切粗俗的咒骂和傲气。在伊莎多拉·邓肯多情地向叶赛宁表达自己的爱慕之情时，经常遭到后者无礼而粗暴的拒绝。这样的爱情与幸福的场面之后，伊莎多拉·邓肯常常喝得醉醺醺的，呆呆地望着窗外漫天飞雪。

这种状况持续了一些时候。到了 2 月，伊莎多拉·邓肯接到列宁格勒一个剧团演出主办人的邀请，去那里演出几场节目。她问叶赛宁是否愿意与她一起去列宁格勒。他那时正处于田园诗般的情绪中，所以愉快地接受了邀请。两人一起动身到北方去了。

然而，在他们出发去列宁格勒前的一天晚上，叶赛宁的朋友们无情地取笑他的“订婚礼物”——那只伊莎多拉·邓肯送给他的、“贵族化”的金表。然后他便来到伊莎多拉·邓肯的房间，把表还给了她。

伊莎多拉·邓肯拒绝接受那只表。她对他说，只要他真心爱她，他就必须保留这只表，不管那些愚蠢的朋友和他们那些离奇古怪的狂放想法。不仅如此，他还得把她的照片放在表壳里。她给了他一张自己护照上的快像。

叶赛宁天真地表示喜欢这个主意，并把装着照片的表又放回口袋。几天以后，为了某件使他不高兴的事突然发起脾气来，他像训练有素的掷铁饼运动员那样，竭尽全力把金表猛地扔到房间的另一头。

在叶赛宁怒气冲冲地离开房间后，伊莎多拉·邓肯慢慢走到角落里，悲伤地看着破碎的玻璃片，摔坏的表壳和表壳中七零八落、无声无息的机件。从那些小碎片中，她捡起了自己含着微笑的相片。

到列宁格勒后，他俩来到达恩勒特勒旅馆。在那里，伊莎多拉·邓肯按照她的惯例预订了最好的一套客房（几年后，就是在这套客房的卧室中，诗人叶赛宁结束了自己的生命）。

达恩勒特勒旅馆的地下酒窖很有名，其中储存着所有战前最好的一品脱、一夸脱和两夸脱装的美酒佳酿。叶赛宁很快就发现了这一情况。他也很快发现，和伊莎多拉·邓肯一起旅行，赐予他某种特权，他想什么东西，就可以得到什么。结果，伊莎多拉·邓肯演出结束回来后，经常发现叶赛宁面前堆着许多各种各样的空酒瓶。他们在达恩勒特勒旅馆逗留期间，叶赛宁还不止一次地被男服务员们强行弄回房间，因为他们发现他在餐厅里脱得一丝不挂地四处游荡，酗酒闹事。

3 月，伊莎多拉·邓肯从列宁格勒回到了莫斯科。日子一天天过去了。每天的情形都大体相同。

叶赛宁酗酒，发脾气，激情澎湃地写作，跑出去参加各种活动，没日没夜地和各种各样的男人、女人混在一起……

而伊莎多拉·邓肯，这时候严格地说连俄语的语言关都还未过。可是，1922 年 5 月 2 日，伊莎多拉·邓肯与谢尔盖·亚历山德罗维奇·叶赛宁在莫斯科办了结婚登记。

对所有认识伊莎多拉·邓肯并了解她的婚姻观的人来说，听到这条通过海底电缆发往外部世界的新闻，都感到大为震惊。

可是，她不管别人怎么看，甚至不管自己真正心里怎么想。在恋爱之火熊熊燃烧着的这段岁月里，她眼下，就是想带着叶赛宁离开俄罗斯。首先，因为叶赛宁病得很厉害，需要得到专家的检查和治疗；其次，她认为他是个诗人，需要开阔新的眼界。可惜她不知道，让这个俄国农民离开他的土地是多么不明智的举动。那是一块他从西方世界的闲荡中归来之后为之哭泣和亲吻的土地！

伊莎多拉·邓肯想带着叶赛宁离开俄罗斯。她想让他看看欧洲的一切美丽的东西和美国的所有奇迹。然而，虽然她知道她可以与她那金发碧眼的诗人丈夫去德国、法国和意大利旅行，住在饭店的最讲究的套房中，接待知识界的名流，且他们中间没有人会无礼地询问他们俩是否有结婚证书。但是，她也从过去的经验中知道，生活在美国各州并不像她想象的那么简单，而且，饭店的老板更爱多管闲事。以前有过这样的先例，并非她杞人忧天。

因此，为了做一次平安而富有成果的旅行，伊莎多拉·邓肯履行了合乎苏维埃婚姻法的手续，在官方证书上把自己的名字签成了伊莎多拉·邓肯·叶赛宁－邓肯。

至于交通工具，伊莎多拉·邓肯已决定，值得纪念的蜜月旅行应该乘飞机去。她被告知，自从莫斯科到德国的航线开辟以来，还从未接待过任何私人乘客，而且票价也高得惊人——至少1000金卢布！但那也阻挡不了她。她要去，她说，如果这是她一生中最后一次行动的话。

“顺便提一下，”她的朋友说，“在你登上飞机开始这次冒险旅行之前，你最好写个遗嘱。”

“废话！”她嚷道，“我这辈子从未写过遗嘱。”

但是，望着她的新丈夫，她改变了主意。她拿起桌子上的一本已撕去大半的廉价笔记本，匆匆在本子的四页纸上，写下了下面这段文字：

这是我最后的遗言。如果我去世，我把我的全部财产和所有物遗留给我的丈夫谢尔盖·叶赛宁。如果我们同时去世，那么，此项财产遗赠我的兄弟奥古斯丁·邓肯。

书此遗书时神志完全清醒。

伊莎多拉·邓肯·叶赛宁－邓肯

见证人：艾尔玛·邓肯

1922年5月9日于莫斯科

翌日清晨，这对富于冒险精神的夫妇乘车前往机场。天气寒冷刺骨，天上阴云密布，并下起雨来。然而，就在飞机起飞的时刻，太阳透过云层，射出了光芒。从莫斯科飞往柏林的头两位私人乘客，登上了他们的头等客舱。伊莎多拉·邓肯穿着特意为这次旅行做的套裙，但叶赛宁却不得不穿上航空公司借给他的飞行服。

整九点，螺旋桨转了起来。舱门也关上了。飞机已经沿着跑道滑行。突然，机舱门又打开了。一张吓人的苍白的面孔出现了，喊着要午餐的篮子。叶赛宁拼命挥动着手臂。有人跑着追上了飞机，就在飞机离地前的一瞬间，设法把篮子递了进去。

一会儿，飞机成了天边的一个小黑点。他们走了。

作家帕斯捷尔纳克后来说过这样一段话："叶赛宁对待自己的生命如同对待一个童话。他像王子伊万骑着灰狼漂洋过海，一把抓住了伊莎多拉·邓肯，如同抓住了火鸟的尾巴。他的诗也是用童话的手法写成的，忽而像玩牌似的摆开文字阵，忽而用心中的血把它记录下来。他诗中最珍贵的东西是家乡的风光，那是俄罗斯中部地带，梁赞省，处处是森林，他像儿时那样，用使人眩晕的清新把它描绘了出来。"

3

他们走了，留下一个叫加琳娜·阿尔图罗夫娜·别尼斯拉夫斯卡娅的女孩肝肠寸断。

别尼斯拉夫斯卡娅 1897 年生于彼得格勒。她的父亲是个俄国籍的法国留学生，母亲是格鲁吉亚人。这个勤奋上进的女孩从 1922 年开始在《贫农报》编辑部当秘书。举止大方和简朴服饰是这个姑娘最大的魅力。她虽然年轻，但却有丰富的工作经验。她为人正派，凡是跟她熟悉的人都对她的工作热情和道德品质无比敬佩。米克拉舍夫斯卡娅在回忆录中写道："她很聪慧、漂亮……我每一次同她相遇，都欣赏她的内在力量，她的心灵之美。"

别尼斯拉夫斯卡娅第一次见到叶赛宁是 1916 年在彼得格勒

举行的一次文学晚会上。叶赛宁的诗给她留下了深刻的印象。但随着时间的推移，诗人的名字渐渐地在她头脑中淡薄了。三年以后，即1919年，“每当莫斯科举行诗歌朗诵会，听众提前两个多小时就挤进了寒冷的大厅里等候，为的是亲眼看看叶赛宁和马雅可夫斯基，亲耳听听他们的朗诵”。别尼斯拉夫斯卡娅正是这些狂热的听众之一，她在莫斯科的一次文学晚会上又听到了叶赛宁的诗朗诵。叶赛宁的诗新颖自然，既没有矫饰也不朦胧，它们犹如滢澈的涓涓清流，缓缓流进了她的心田。

后来发生的一切，她的女友在回忆录中作了详细的记述：“从此，凡是叶赛宁的朗诵，没有一次我们不去听的。而且，我们总是买同一排同一座位的票——第4排，16—17号。我们如此兴高采烈地向他致意，如此狂热地对他鼓掌，以致当他登上舞台时竟然注意到我们俩，并向我们点头致意。有一次，出席晚会的人多得出奇，我们只好穿过舞台向出口挤。叶赛宁出乎意料地走到我们跟前说道：‘姑娘们，明天到我那儿去吧，会有不少优秀诗人朗诵。拿去吧，这是我的地址。’我们好比上了七重天，但是久久踌躇不决：去还是不去。最终还是去了。从这一天开始我们同叶赛宁相识，并且直到诗人死前一直保持着友谊。”

别尼斯拉夫斯卡娅有很高的文学素养和独特的艺术见解。凡是叶赛宁的诗，她都熟读强记。她也常常沉思默想，深刻领会他的诗的寓意和哲理，把叶赛宁的诗当作终日的精神食粮。她对自己能在智慧学识上与叶赛宁亲密相契而感到欣慰。

别尼斯拉夫斯卡娅自从与叶赛宁相识就决心把自己的一切献

给他，她从来没有向叶赛宁提出过什么要求，只是默默无闻地把全部精力花在整理、编辑和出版叶赛宁的诗歌作品上。

而聪慧如鬼才的叶赛宁当然不可能觉察不出别尼斯拉夫斯卡娅对他的那种富于自我牺牲精神的爱。然而，他还是和伊莎多拉·邓肯结婚了，出国了。虽然，1924 年 4 月 15 日，他在信中对她说："亲爱的别尼斯拉夫斯卡娅！我再对您重说一遍，对我来说，您是极其宝贵的。再说，您自己也知道，在我的命运里要是缺少了您的参与，那是无限凄凉的。"

云水火冰，长天一色。

别尼斯拉夫斯卡娅呆呆地站在俄罗斯的夜空下，看着在黑暗中依然在喷芬吐芳的野花，暗暗决定把一些隐秘的热望就这么带到坟墓中去吧，就让这华美的春天跟着那人悄然隐去吧！

然而，细心的人们毕竟察觉到她怎样一天天地变得阴郁、忧愁、惘然。1922 年 5 月至 1923 年 8 月，叶赛宁在国外期间给国内友人的信中，曾不止一次地列举了几十个朋友的名字，让转达自己的致意和问候，但一次也没有提到别尼斯拉夫斯卡娅的名字。

"别来春半，触目愁肠断。砌下落梅如雪乱，拂了一身还满。雁来音信无凭，路遥归梦难成。离恨恰如春草，更行更远还生。"

可是，两年之后，他回来了！而且直接就来到了别尼斯拉夫斯卡娅的身边！

原来，叶赛宁和邓肯结婚后，两人在感情上逐渐产生矛盾，在巴黎时竟闹得不可开交，关系趋于破裂。一返回莫斯科，叶赛宁就送邓肯到高加索去休养，自己则搬到别尼斯拉夫斯卡娅那里去住，而且，搬去的不只是他一个人，还有在他慈父般照料下的两个妹妹——19 岁的卡嘉和 13 岁的舒拉。

卡嘉有着活泼的性格，整个身心都充满了青春活力，令人联想到托尔斯泰的《战争与和平》中的女主人公娜塔莎；舒拉则聪颖沉思，富有智慧，正像叶赛宁诗中所描绘的那样："像翻开圣经似的打开厚厚的《资本论》。"她们有理想，对生活充满了信心和希望，从农村来到莫斯科学习。

面容憔悴、精神哀怨的别尼斯拉夫斯卡娅问道："您在国外为什么不给我写信呢？"

"噢，不，我的朋友，我心里默默给您写过不知多少封信了……"听到叶赛宁这样的话，她脸上泛起一丝笑容，一双脉脉含情的眼睛凝视着叶赛宁——好了，就这么一句话，所有的背叛、伤害、冷落带给她的重创自动愈合，她，一瞬间成为这个世界上最幸福、最骄傲的公主！

因为，她得到了梦寐以求的诗歌王子叶赛宁。

叶赛宁所需要的那种和谐温柔的气氛似乎又失而复得了。别尼斯拉夫斯卡娅举止娴静文雅，性情温柔大方。在这个和睦相处的新的家庭里，叶赛宁找到了心灵的慰藉。别尼斯拉夫斯卡娅对叶赛宁正在上学的两个妹妹给予了无微不至的照顾。叶赛宁的母亲也从乡下到莫斯科看望过她们。后来，别尼斯拉夫斯卡娅还专程去叶赛宁的故乡康斯坦丁诺沃探望过他的双亲。

叶赛宁的父母十分喜欢别尼斯拉夫斯卡娅，临别时洒泪相送。叶赛宁的妹妹舒拉回忆起这些岁月时，内心充满了对别尼斯拉夫斯卡娅的崇敬和怀念。

不久，邓肯在克里米亚收到这样一封莫名其妙的电报："不要再给叶赛宁写信和拍电报。他跟我在一起，永远不会回到您身边。加琳娜·别尼斯拉夫斯卡娅。"

邓肯立即给叶赛宁拍去了一封电报，请求解释事情的原委。她没有收到回电，第二天便乘上开往莫斯科的火车。许多年以后，当叶赛宁、邓肯、别尼斯拉夫斯卡娅都已长眠地下的时候，人们才得悉，叶赛宁曾给邓肯拍过回电。叶赛宁用铅笔打的电报底稿上写道："还在巴黎时我就说过，回俄罗斯后我便与你分手，当时你怨恨我。我爱你，但我不想跟你同住。现在我已结婚并且感到幸福，愿你同样如此。叶赛宁。"

别尼斯拉夫斯卡娅的日记中提到，叶赛宁曾把这封电报的底稿给她看过。她向叶赛宁指出，如果要同邓肯结束这种关系，最好不要提到"爱"。叶赛宁翻过底稿，用铅笔在反面写下："我爱上了另一个人，我已结婚并感到幸福。"

别尼斯拉夫斯卡娅与叶赛宁虽然只是同居，但她认为自己与叶赛宁已是正式夫妻。此时的别尼斯拉夫斯卡娅虽然胜券在握，内心却另有一番凄切的感觉。

叶赛宁十分信任别尼斯拉夫斯卡娅的办事能力。当他不在莫斯科时，事无巨细，统统托她办理。1924 年叶赛宁离开莫斯科去高加索之前留下的证明信中写道："兹委托加琳娜·别尼斯拉夫斯卡娅代为同国家出版社签订拙著《白桦花布》诗集的出版合同和领取稿酬。"

可是1925年3月21日，叶赛宁给她的信中有一句话又这样说："亲爱的加琳娜，您对于我来说亲近得如同朋友，但作为女人，我一点也不爱您……"

所以，叶赛宁与别尼斯拉夫斯卡娅的共同生活为时并不很长，他从巴库寄给她的最后一封信是1925年5月11—12日写的，其中提到他健康状况欠佳，需要检查和疗养，此信最后一行已预示着他们即将分手："身体恢复之后，我将改变自己的生活。"

一个月以后，即1925年6月16日，叶赛宁在给妹妹卡嘉的信中写道："发生了很多事情，变化很大，其中最大的变化是我的生活的改变。我要娶托尔斯塔娅，并一起去克里米亚。"

4

托尔斯塔娅就是列夫·托尔斯泰的孙女索菲亚·安德烈耶芙娜·托尔斯塔娅。

他们俩是在一次家庭晚会上认识的。高贵的出身，冷艳的脸，上流社会陶冶出来的"范儿"，托尔斯塔娅即刻让叶赛宁入迷。他像一个发高烧的人一样，不顾一切地再次坠入爱河，1925年9月，他就和索菲亚牵手走进教堂，让她成为自己的第三任妻子。

然而，婚后没多久，他们才发现彼此间巨大的不可弥补的距离，生性热爱自由、狂放浪漫的叶赛宁感觉自己被关进了一个巨大的笼子，充当了婚姻的奴隶。他的脾气越来越无常暴躁，笔下也难再有诗情画意流淌。

不久前，他突然给早已离婚且改嫁的前妻吉娜伊达·拉依赫写下了一首诗《给一个女人的信》。在这首诗里叶赛宁对自己的迷途做了深刻的反省，他说迷雾使他“扑朔迷离”，风暴使他的生活“翻转了天地”。所以“尽管对职责十分清楚，却走下了大船的底舱，为了不看人们的呕吐”。这个底舱就是“俄罗斯酒馆”，他痛苦极了，因为他不明白“不祥的事变要把我引向哪里……”

他徘徊，他迷乱，他绝望，导致精神抑郁症越来越严重。跟托尔斯塔娅结婚后仅仅两个月，他就不得不住进了精神病院治疗。可是，没用！没用！内心里就像长了草，眼前不断出现种种匪夷所思的怪意象，夜里不能睡，白天无法安然。一会儿想放声大喊、奋力咒骂，一会儿又怕听到一点点声音；一会儿觉得自己是俄罗斯最伟大的诗人，一会儿又感到写出来的每一个字都那么没有意义；一会儿认为自己是时代的宠儿，一会儿又看见秘密警察在跟踪监视；一会脑子里是群众潮水般的掌声，一会儿又是索斯诺夫斯基那帮左派评论家对他的否定。反驳不行不反驳更不行。喝酒不行不喝酒更不行……够了！这一切真的够了！

挨到1925年12月28日，他终于决定不再让自己受煎熬。

他来到他和邓肯度过甜蜜新婚日子的那家旅馆里。这个把诗视为生命的诗人用生命写下了最后一首诗。而诗中那个一再提到的“朋友”，据研究，就是被他一负再负的别尼斯拉夫斯卡娅……

5

最卑贱不过感情，最凉不过人心。

这个时候的别尼斯拉夫斯卡娅也正沉浸在她人生的又一次黑色海洋中。

叶赛宁第三次跟别的女人结婚，让别尼斯拉夫斯卡娅精神上受到极大的刺激。但她的性格和为人决定了她只能去做一棵被严寒扒尽枝叶的白桦树。

她知道叶赛宁的性格弱点，任何人也改变不了他的主意，因此她只得满怀忧伤却又不失高贵地忍耐着这个世界给予她的所有伤害。

可是，她一个弱女子终究怎么能敌过情感的无情摧残呢?

她病了。

1925 年秋天，她患上了严重的神经衰弱症，整夜整夜睡不着觉。漫漫长夜似无边的惊涛骇浪，她是无助的一叶小舟。她不得不到疗养院去疗养，效果不明显。12 月，她又去到特维尔省的一个僻静的农村去休养，那里有叶赛宁诗中描绘过的松香阵阵的大森林、有麦子、灌木丛、扁角鹿、松鸦……她想在这宁静美好的大自然里恢复内心的平静。

然而，她万万没有想到，刚住了不过二十来天，叶赛宁的死讯已经通过电波、报纸传遍了全世界。

他死了！那年轻的神，他上吊自杀了。

她还活吗？怎么活呢？别尼斯拉夫斯卡娅晕厥过去。

“春情只到梨花薄，片片催零落。夕阳何事近黄昏，不道人间犹有未招魂。银笺别梦当时句，密绾同心苣。为伊判作梦中人，长向画图清夜唤真真。”

1926 年 1 月中旬，苍白憔悴的别尼斯拉夫斯卡娅回到了莫斯科。一度，她曾打起精神来想要撰写一本回忆录，描述叶赛宁的爱情观念和自己的不幸。但是，她的计划未能实现。她已经控制不住地神思恍惚……

又熬了几个月，熬到临近叶赛宁周年忌日的一个傍晚，别尼斯拉夫斯卡娅带着事先写好的绝命书，一支手枪，一把小刀，一盒马赛克牌卷烟，步履蹒跚地来到叶赛宁墓前。她长时间徘徊，又默默地跪在那里吻着墓碑。寒风中她的热泪如雨，和诗人相识十年的复杂经历在心上如过电影般一一闪过，眼前不断浮现着的是他那可爱的金黄色头发，那湛蓝的迷人的眼睛，那红唇中绽放的微笑，他被她搂在怀中时稚气的呢喃低语，他们在一起的温柔性欢，还有那花儿少年朗诵抒情诗的声音，哦，她听了总是那么那么着迷……

她生前在回忆录中曾经写过：“为了让我离开他，他们什么招数都使过了。不管他们如何火冒三丈，就是弄不清我与叶赛宁的关系——是妻子，不是妻子；是情妇——也不是；是朋友，可是他们在自己周围从未见过这样的朋友，他们也不相信我的友情。所以他们不知道从哪边下手整叶赛宁，他们也不理解我怎么会把他迷住，因为他们怎么也挑不起我们之间的仇恨……”

天色渐暗。香烟抽完了。她也不再流泪。她撕开烟盒，在上边写了几行字：“倘若我开枪之后，小刀插在坟头上，那就是说我甚至到那时也没有后悔；如果后悔的话，我就把它抛得远远的。”

她掏出手枪，扣动扳机，子弹没有射出。冷静的别尼斯拉夫斯卡娅摸黑在纸盒上又加了一句，字迹歪歪斜斜：“开了一枪，未响。”

后来，人们在她身边发现了五颗子弹。显然，到了第六颗子弹，枪才响了。子弹穿透了她的心脏，小刀仍然插在坟头上。

她留下来的绝命书中写道：“1926 年 12 月 3 日我在此地自杀，明知这一举动会给叶赛宁招来更多的非难。不过这对于他，对于我，都已无所谓了。我最最珍惜的一切全在这座坟墓之中……”

她长眠后，人们将她葬在了叶赛宁身畔，给她立了一块碑，是一块白色的方形大理石板，约有 30 厘米高，斜面，上边镶着一块铜牌，刻着她的姓名和叶赛宁的几句话：“我再重复一遍，您对我来说，非常非常珍贵。您自己也知道，我的命运倘若没有您的参与是非常可悲的。——摘自叶赛宁的信。”

活着时她始终没能成为他的妻子，如今，俄罗斯大地养育出的、深情真挚忠诚热烈的别尼斯拉夫斯卡娅，成为永远陪伴在叶赛宁身边的女人。

又一年后，伊莎多拉·邓肯披着她心爱的长围巾，坐到汽车里，车子一开，围巾被绞进轮子下，自由的舞蹈精灵伊莎多拉·邓肯被带走了……之前有人听到她说，我要向着光明之国去了！这个毕生追求欢乐与光明的舞蹈之神，她给人类带来一个瑰丽的梦，将伟大的艺术献给了我们，现在，上帝派来的光明使者接走了她。

死了。他们，都死了。

陋室空堂，当年笏满床；衰草枯扬，曾为歌舞场。甚至，连纯粹的抒情诗，在达到了它的巅峰之后，也死了。对此，天才的叶赛宁似乎早有预感，并且写下："我是乡村最后一个诗人，在诗中歌唱简陋的木桥。站在落叶缤纷的白桦间，参加它们诀别的祈祷。"

人世间，也许，唯有青春的童话，永远不死。

（注：此文部分引用文字摘自王守仁先生编著的《叶赛宁传》）

图书在版编目（CIP）数据

将爱：大文豪的情与爱 / 张妙著．—南京：译林出版社，2015.9

ISBN 978-7-5447-5664-8

Ⅰ.①将… Ⅱ.①张… Ⅲ.①传记文学－作品集－中国－当代 Ⅳ.①I25

中国版本图书馆CIP数据核字（2015）第178511号

书　　名	**将爱：大文豪的情与爱**
作　　者	张　妙
责任编辑	陆元昶
特约编辑	陈绍敏　苑浩泰
出版发行	凤凰出版传媒股份有限公司 译林出版社
出版社地址	南京市湖南路1号A楼，邮编：210009
电子信箱	yilin@yilin.com
出版社网址	http://www.yilin.com
印　　刷	三河市天润建兴印务有限公司
开　　本	640×960毫米　1/16
印　　张	14.25
字　　数	113千字
版　　次	2015年9月第1版　2015年9月第1次印刷
书　　号	ISBN 978-7-5447-5664-8
定　　价	32.80元

译林版图书若有印装错误可向承印厂调换